www.ingramcontent.com/pod-product-compliance
Lightning Source LLC
LaVergne TN
LVHW020439070526
838199LV00063B/4784
9789358724332

گمشدہ لوگ

(افسانے)

مبین مرزا

© Mubeen Mirza

Gum-Shuda Log (Short Stories)
by: Mubeen Mirza
Edition: March '2024
Publisher :
Taemeer Publications LLC (Michigan, USA / Hyderabad, India)

ISBN 978-93-5872-433-2

مصنف یاناشر کی پیشگی اجازت کے بغیر اس کتاب کا کوئی بھی حصہ کسی بھی شکل میں بشمول ویب سائٹ پر اَپ لوڈنگ کے لیے استعمال نہ کیا جائے۔ نیز اس کتاب پر کسی بھی قسم کے تنازع کو نمٹانے کا اختیار صرف حیدرآباد (تلنگانہ) کی عدلیہ کو ہوگا۔

© مبین مرزا

کتاب	:	**گمشدہ لوگ** (افسانے)
مصنف	:	**مبین مرزا**
صنف	:	فکشن
ناشر	:	تعمیر پبلی کیشنز (حیدرآباد، انڈیا)
سالِ اشاعت	:	۲۰۲۴ء
صفحات	:	۱۴۰
سرورق ڈیزائن	:	تعمیر ویب ڈیزائن

فہرست

(۱)	گمشدہ لوگ	6
(۲)	مانوس	22
(۳)	بھولی بسری عورت	35
(۴)	خوف کے آسمان تلے	60
(۵)	یخ رات کا ایک ٹکڑا	79
(۶)	امانت	118

گمشدہ لوگ

مسلسل شور ہو رہا تھا۔

آخر تنگ آکر انجلی نے آنکھیں کھول دیں۔ سائیڈ ٹیبل پر رکھا الارم کلاک بج رہا تھا۔ اس نے ہاتھ بڑھا کر اس کی کل دبائی اور پھر الکساہٹ سے ہاتھ وہیں چھوڑ دیا۔ الارم کلاک کی ٹررن۔۔۔ ٹرررن تو بند ہو گئی لیکن شور ابھی تھما نہیں تھا۔ آوازیں مسلسل انجلی کے سر میں دھمک رہی تھیں۔ وہ اوندھی لیٹی ان آوازوں کو سمجھنے کی کوشش کرتی رہی۔ ہاتھ وہیں الارم کلاک پر دھرا تھا۔ کچھ سمجھ میں نہ آیا کہ کیا ہے۔ بس اک شور تھا، ایک واویلا تھا، ایک ہنگامہ تھا جو اس کے سر میں برپا تھا۔

اکتاہٹ کے بڑھتے ہوئے احساس نے آخر اسے اٹھنے پر مجبور کر دیا۔ اس نے ٹکڑوں میں بکھرے جسم کو اکٹھا کیا اور اٹھ کر بیٹھ گئی۔ مسہری کے بائیں طرف رکھے ہوئے ڈریسنگ ٹیبل کے شفاف آئینے میں اسے ایک جھاڑ جھنکاڑ عورت کا عکس دکھائی دیا۔ عکس پر نظریں جمائے وہ مسہری سے اتری اور آئینے کے سامنے جا کھڑی ہوئی۔ برش اٹھا کر بال درست کیے تو آئینے میں سے وہ جھاڑ جھنکاڑ عورت یک لخت غائب ہو گئی۔ اب وہ خود اپنے روبرو تھی۔ اس نے سر سے پاؤں تک اپنے سراپے کو بغور دیکھا، پہلے سامنے سے اور پھر گھوم کر اس عکسی بدن کو ٹٹولا۔ نائٹی کے جھول کو ایک طرف نکال کر اسے جسم پر چست کیا تو عکس کے نسوانی خطوط نمایاں ہو گئے۔ چھتیس چھبیس چھتیس۔ ابھی تک تو کچھ

نہیں بگڑا، اس نے خود سے کہا۔ وہ ابھی پینتیس کی نہیں لگتی تھی۔ لمبی نیند، پھلوں کے استعمال اور یوگا کی مشقوں نے ابھی اس کی عمر کو روکا ہوا تھا۔ نین نقش بھی کچھ ایسے ہیں کہ وہ پچیس چھبیس سے زیادہ کی دکھائی نہیں دیتی ہوگی، اس خیال کے ساتھ ہی اطمینان اور سکون کا ایک سایہ اس کے پورے وجود پر اتر آیا، مگر یہ اطمینان بہت مختصر تھا۔ اگلے ہی لمحے اس نے سوچا، لیکن کب تک؟ یہ بناؤ کساؤ آخر کب تک رہے گا؟ بس چند برس اور۔۔۔ پانچ سات برس۔۔۔ یا شاید دس برس! پینتالیس کے بعد تو عورت ویسے بھی دھیرے دھیرے پانی بھرے مٹی کے تودے میں تبدیل ہوتی چلی جاتی ہے۔ بس اس گمان کے ساتھ ہی سر میں دھمکتی آوازوں نے چکرا دینے والے شور کا روپ دھار لیا۔ تب اس نے سر جھٹکا جیسے اس شور کا مطلب اسے سمجھ آگیا ہو۔ انھی خیالوں اور سوالوں سے الجھتے ہوئے رات نجانے کب اس کی آنکھ لگی تھی۔ جسمانی تھکن اور الکساہٹ کو محسوس کرتے ہوئے اس نے سوچا، یہی خیالات شاید اسے رات بھر خواب میں بھی ستاتے رہے ہیں۔ سر میں جو دُکھن ہے وہ بھی انھی کے کارن ہے۔ اس نے چہرہ آئینے کے بالکل قریب کر کے جائزہ لیا، کیا واقعی چہرے کی تروتازگی ابھی پوری طرح برقرار ہے؟ آئینے کا جواب اثبات میں تھا۔ اس کی نظریں خود بخود سامنے کی دیوار پر آویزاں کیلنڈر پر جا رکیں۔ یہ مارچ کے مہینے کا آخری دن تھا۔ وہ آہستہ آہستہ چلتی ہوئی کھڑکی کے سامنے آئی، بروکیڈ کے دبیز پردے کی ڈوری کھینچی، پردہ سرعت سے ایک طرف سرکتا چلا گیا۔ بہار کی نرم اور روشن صبح پوری طرح کھل چکی تھی۔ دیواری گھڑیال نے منادی کی۔ انجلی نے پلٹ کر دیکھا، آٹھ بج رہے تھے۔ جہاز لگ بھگ نو بجے لاہور کے ایئرپورٹ پر لینڈ کرے گا، اس کا مطلب ہے وہ ساڑھے نو بجے تک ضرور یہاں پہنچ جائے گا، اس نے سوچا۔۔۔ "یعنی مجھے فوراً شاور لے کر تیار ہو جانا چاہیے۔" اس نے خود سے بلند آواز میں کہا اور فوراً ہی باتھ روم

میں جا گھسی۔

ٹن ن ن۔۔۔ ٹن ن ن۔۔۔ گھڑیال گیارہ بجے کی منادی کر کے چپ ہوا تو انجلی نے کلائی پر بندھی گھڑی دیکھی۔ وہ بھی گیارہ بجا رہی تھی۔ اسے لگا جیسے اندیشوں نے اس پر یکایک بوچھاڑ کر دی۔ ایسا تو کبھی نہیں ہوا۔ وہ تو ساڑھے نو تک ضرور پہنچ جاتا ہے۔ انجلی سال بھر سے اس کی میزبانی کر رہی تھی۔ مہینے کا آخری دن وہ اس کے ساتھ گزارتا تھا۔۔۔ صبح کی پہلی فلائٹ لے کر وہ پہنچ جاتا اور پھر اس کے ساتھ رہتا۔۔۔ صبح سے رات تک اور پھر رات سے اگلی صبح تک۔ اگلی صبح وہ پہلی فلائٹ سے لوٹ جاتا۔ پہلی ہی ملاقات میں انجلی نے خود کو اس کی طرف کھنچتا ہوا محسوس کیا تھا۔ یہ ملاقات سال بھر پہلے ایک بڑے افسر کی نجی محفل میں ہوئی تھی۔ یہی مارچ کا مہینہ تھا۔ ایک خوش گوار شام جب پرندے اپنے پروردگار کی تمجید کر رہے تھے اور سورج منڈیروں سے نیچے اتر آیا تھا، بڑے سے لان میں رنگین چھولداریوں تلے یہ محفل برپا تھی۔ رنگ برنگی خوش بوؤں اور جھلملاتے چہروں کے اس جمگھٹ میں انجلی نے اسے پہلی بار دیکھا تھا۔ اس کے بائیں ہاتھ کی انگلیوں میں سگریٹ دبا ہوا تھا اور آنکھوں میں دودھیا دُھواں تیر رہا تھا۔ لیکن انجلی اس شام کسی اور کی میزبان تھی، اس لیے ہاتھ ملانے اور مسکراہٹوں کا تبادلہ کرنے کے بعد انجلی نے اپنا کارڈ اسے دیا، اس نے جلد آنے کا کہا اور ملاقات ختم ہو گئی۔ اس کے بعد ایک روز اچانک اس کا فون آ گیا۔ وہ دو روز بعد لاہور پہنچ رہا تھا اور انجلی سے میزبانی کا خواہش مند تھا۔ وہ آیا، ایک دن اس کے پاس رکا اور جاتے ہوئے بولا، "اگلے مہینے کے آخری دن پھر ملاقات ہو گی۔۔۔ اسی طرح پورے دن کے لیے۔"

"جی آیاں نوں۔۔۔ سر آنکھوں پر۔" انجلی نے مسکرا کر جواب دیا۔

اس کے بعد سال بھر سے یہ معمول جاری تھا۔۔۔ ہر مہینے کا آخری دن وہ انجلی کے

ساتھ گزارتا تھا۔ لیکن آج وہ کہاں رہ گیا۔ آدمی کا دل بھی تو بھر جاتا ہے۔ اس نے پل بھر کے لیے سوچا۔ اس خیال کے ساتھ ہی ان گنت وسوسوں کی تیز بوچھاڑ انجلی کے چہرے پر پڑی۔ اس نے انٹر کام اٹھا کر ریسپشن پر رابطہ کیا۔

"نہیں میڈم! ہمارے پاس کوئی اطلاع نہیں ہے۔" ریسپشن سے جواب ملا۔

"اچھا، تم ذرا ایئرپورٹ فون کر کے فلائٹ کا کنفرم کرو اور مجھے بتاؤ۔" انجلی نے قدرے جھنجھلاہٹ کے ساتھ کہا۔

فلائٹ تین گھنٹے لیٹ تھی۔

یہ تین گھنٹے انجلی نے کوفت، بے چینی اور اداسی کے ملے جلے احساس اور ان گنت اندیشوں کے ساتھ گزارے۔ وہ بار بار اس خیال کو جھٹکنے کی کوشش کرتی جو اس کے ذہن میں نجانے کہاں سے اچانک آگھسا اور اب کنڈلی مارے بیٹھا تھا۔ اس خیال سے چھٹکارا پانے کی ہر کوشش بے سود تھی۔ اس نے نیلم کی زبان میں خود کو سمجھانے کی کوشش کی، "دیکھو انجلی! ہر پروفیشن کی ایک اسپرٹ ہوتی ہے۔ ہمارے پروفیشن میں محبت نہیں کی جاتی، صرف محبت کا اظہار کیا جاتا ہے۔ اور یہ اظہار سچ مچ کی محبت سے زیادہ رِیئل ہوتا ہے۔ یہی ہمارے پروفیشن کی اسپرٹ ہے۔" انجلی نے نیلم کی بات کو ہمیشہ دھیان سے سنا تھا اور اس پر عمل بھی کیا تھا۔ نیلم تھی تو اس کی ہم عمر لیکن اس کام میں وہ اس سے پہلے آئی تھی۔ وہ بہت کچھ جانتی تھی، انجلی کو کام کی باتیں سمجھاتی رہتی تھی لیکن آج اس کی کوئی بات انجلی کے دل پر اثر نہیں کر رہی تھی۔ انجلی جانتی تھی، وہ بیوی نہیں ہے لیکن آنے والے کا انتظار وہ اسی طرح کر رہی تھی جیسے کوئی نئی نویلی دُلہن اپنے شوہر کا کرتی ہے۔ بے چینی اور اداسی کے گہرے سائے رہ رہ کر اس کے دل پر چھائے جا رہے تھے۔ ایک خیال تھا جو اس کے پورے وجود میں کلبلا رہا تھا۔ چھتیس چھبیس چھتیس۔۔۔ لیکن آخر

کب تک!؟ میں اس سے کہہ دیتی ہوں۔۔۔ وہ مان جائے گا۔۔۔ اس نے اپنی ڈھارس بندھاتے ہوئے سوچا لیکن پھر خیال آیا اور اگر نہ مانا تو۔۔۔ کیا محبت اسے مجبور کر سکے گی؟ کون سی محبت؟ کیسی محبت؟ لیکن میری اس فرمائش پر کہیں وہ بِدک نہ جائے۔۔۔! انجلی کا دل مسلسل نہیں اور ہاں کے درمیان معلق تھا۔ اس طرف ہوتا تھا نہ اس طرف۔ نیلم کا ہیولا بار بار اس کے سامنے آکھڑا ہوتا۔۔۔ "انجلی! جنھیں بیوی بن کر گھروں میں راج کرنا ہوتا ہے انھیں تقدیر دھکے دے کر بازار میں نہیں لاتی۔۔۔ وہ گھروں میں ہی رہتی ہیں۔ ایسی لڑکیوں کا عشق معشوقی کا شوق بھی گھر میں کزنوں کے ساتھ پورا ہو جاتا ہے۔ لیٹر بازی، چمے جپھے ساری فیسی لٹیز گھر بیٹھے مل جاتی ہیں۔ جو ایک بار باہر آگئی وہ پھر ہمیشہ باہر ہی رہے گی، گھر وَر نہیں ملتا پھر اسے۔۔۔ اور مل جائے تو زیادہ دن نہیں چلتا۔ انڈے کو کسی کا ہاتھ لگ جائے تو مرغی کے بیٹھنے کے قابل نہیں رہتا۔ عورت بھی انڈے کی طرح ہوتی ہے، ایک بار گھر سے باہر آجائے تو پھر کسی گھر کے قابل نہیں رہتی۔ ہمارے جیسی عورتوں کو گھر ور کے چکر میں نہیں پڑنا چاہیے۔ لائف خراب ہو جاتی ہے۔ دیکھا ہے میں نے کئیوں کو۔ "نیلم کی ساری تقریر اکارت چلی جاتی ہے۔ انجلی اگلے ہی لمحے پھر سوچنے لگتی ہے کہ آج وہ اپنے من کی بات آنے والے سے کہہ ہی دے گی۔ وہ اپنی ڈھارس بندھاتی ہے، آنے والا اس کی بات مان لے گا۔ اس لیے کہ وہ پورے ایک سال سے اسے دیکھ رہی ہے۔ وہ اس کی کوئی بات نہیں ٹالتا۔ کتنا خیال رکھتا ہے اس کا۔ جتنے پیسے، جتنے تحفے وہ ایک دن میں اسے دے کر جاتا ہے اتنے تو آج تک اسے کسی نے نہیں دیے۔ وہ بھی ضرور اس سے محبت کرتا ہے۔۔۔ دل سے اسے چاہتا ہے ورنہ۔۔۔ اور پھر انجلی اس خیال کی انگلی تھامے دور نکل جاتی ہے، بہت دور۔

دروازہ ایک نرم آہٹ کے ساتھ کھلتا چلا گیا۔۔۔ انجلی جیسے خواب سے چونکی۔

مہمان دیوتاؤں کی سی مسکراہٹ چہرے پر سجائے کمرے میں داخل ہو رہا تھا۔ وہ ایکدم اٹھی جیسے اس کے بے جان جسم میں برقی لہر دوڑ گئی ہو اور دوڑ کر اس سے لپٹ گئی۔ پھر نجانے کہاں سے پانی اس کی آنکھوں میں امڈتا چلا آیا۔ وہ چھکوپھکو رو رہی تھی۔

"ارے۔۔۔ ارے۔۔۔ یہ کیا!" رئیس نے اس کی پیٹھ سہلائی۔

ڈھارس بندھانے پر انجلی کی ریں ریں اور بڑھ گئی۔

"ارے۔۔۔ ارے۔۔۔ بھئی ہوا کیا ہے؟ ہیں۔۔۔ اچھا دیکھو۔۔۔ بھئی کچھ بتاؤ تو سہی۔" رئیس تھپک تھپک کر، سہلا سہلا کر اسے چپ کرا رہا تھا۔ لیکن وہ روئے چلی جا رہی تھی۔ انجلی نے چپ ہونے کی کوشش کی لیکن اس سے چپ ہوا ہی نہیں جا رہا تھا۔ اسے خود سمجھ نہیں آ رہا تھا کہ وہ کیوں روئے جا رہی ہے۔ خدا جانے کون سا دکھ تھا جس نے اس وقت ظاہر ہونے کے لیے آنکھوں کا رستہ دیکھ لیا تھا۔ رئیس اسے یوں ہی اپنے سے لگائے کھڑا رہا۔ دیر بعد آنسو تھمے تو اس نے سپردگی کی۔۔۔ پیوستگی کی اس کیفیت کو محسوس کیا جو دھیرے دھیرے اس کے جسم پر رینگتی چلی آ رہی تھی۔ انجلی کو لگا، وہ برسوں سے۔۔۔ صدیوں سے رئیس سے جڑی کھڑی ہے۔ اس نے سوچا، کاش اس کی پوری زندگی اسی طرح گزر جائے، اسی کیفیت میں۔۔۔ وابستگی کے اسی احساس کے ساتھ۔ رئیس اسے تھامے ہوئے بیڈ پر جا بیٹھا۔

"ہاں! اب بولو، کوئی پریشانی ہے، کوئی مسئلہ ہے؟"

"اوں ہوں۔" انجلی نے نفی میں گردن ہلائی۔

"پھر یہ کیا تھا۔۔۔؟ میں تو پریشان ہو گیا۔"

"اور میں جو صبح سے آنکھیں دروازے پر لگائے بیٹھی ہوں۔۔۔ لگ رہا تھا صدیوں سے یوں ہی بیٹھی ہوں۔"

"اوہو۔۔۔ اچھا تو یہ بات تھی۔ بھئی اس میں میرا تو کوئی قصور نہیں تھا۔ جہاز لیٹ ہو گیا تو میں کیا کر سکتا تھا۔۔۔ میرا بس چلتا تو اڑ کر آ جاتا۔"

"آپ مجھے اپنے پاس ہی رکھ لیں۔۔۔ ورنہ اس طرح تو میں گھل گھل کے ختم ہو جاؤں گی۔"

"نہیں نہیں۔۔۔ تمھیں کچھ نہیں ہو گا۔ جب تک میں زندہ ہوں تمھیں بالکل کچھ نہیں ہو گا۔" رئیس نے اس کا ہاتھ اپنے مضبوط ہاتھوں میں تھاما۔ زندگی کی حلاوت اور گرمی کو انجلی نے اپنے ہاتھ کے ذریعے بدن میں سرایت کرتے محسوس کیا۔

"چلو اٹھو۔ پہلے لنچ کرتے ہیں اور پھر کہیں گھومنے چلیں گے۔ آج کہاں لے کر چلو گی تم مجھے؟"

"میں نے سوچا تھا آج شالامار باغ چلیں گے۔۔۔ لیکن آدھا دن تو ایسے ہی گزر گیا۔"

"تو کیا ہوا؟ بس لنچ کرتے ہیں اور فوراً چلتے ہیں شالامار باغ کی طرف۔"

"لیکن اب وقت کہاں بچا ہے؟ پورا باغ ہم گھوم بھی نہیں پائیں گے۔"

"گھوم لیں گے، گھوم لیں گے۔ تم فکر نہ کرو۔ جو وقت بچا ہے، ہمیں اسے avail کرنا چاہیے۔ انجلی! حاصل کردہ لمحات زندگی کے سب سے قیمتی لمحات ہوتے ہیں۔ انھیں سمیٹ لینا چاہیے۔ یہ دنیا، یہ زندگی، یہ ساتھ، جو کچھ مل جائے بس غنیمت ہے۔۔۔ چلو اٹھو، فوراً چلتے ہیں، دیر نہیں کرتے۔" اس نے سہارا دے کر انجلی کو اٹھایا۔

مال روڈ پر واپڈا ہاؤس کے سامنے سے نکل کر وہ چیئرنگ کراس پر آ کر ٹھہر گئے۔ انجلی نے کلائی پر بندھی گھڑی پر نظر ڈالی، رات کا ایک بج رہا تھا۔ دن بھر کے سیر سپاٹے کا یہ آخری مرحلہ تھا۔ سارا دن لاہور کے کسی کونے میں گزرے، رات کو لوٹتے ہوئے، وہ

دونوں مال روڈ سے ضرور گزرتے تھے۔ پہلی بار جب رئیس آیا تھا اور رات کو شیر پاؤ برج کے پاس کھانا کھانے کے بعد وہ واپس کمرے کی طرف آرہے تھے تو رئیس نے گاڑی کو مال روڈ کے رستے پر ڈال دیا۔ انجلی کو حیرت ہوئی کہ آدھی رات کو مال روڈ پر اسے کیا ملے گا۔ لیکن رئیس نے بتایا کہ لینا وینا کچھ نہیں، بس یوں ہی مال روڈ سے چلتے ہیں۔ رات کو کمرے میں واپسی مال روڈ ہی سے ہوتی تھی۔ کبھی کبھی وہ کسی فاسٹ فوڈ سینٹر کے سامنے رک کر چائے، کافی یا بوتل پیتے، کبھی ویسے ہی چیئرنگ کراس، الفلاح، ریگل یا ہائی کوٹ کی عمارت کے سامنے کچھ دیر کے لیے ٹھہر جاتے۔ کئی بار رات گئے رئیس کے ساتھ مال کا چکر لگانے کے بعد انجلی نے سوچا تھا، مال روڈ سے وابستہ کسی یاد کی یا کسی خواب کی پرچھائیں ہے جو رئیس کے اندر دوڑتی پھرتی ہے، اسی لیے وہ جب بھی لاہور آتا ہے، رات گئے اس پرچھائیں کو مال روڈ پر چھوڑنے ضرور آتا ہے۔ کوئی شے ہے، جس کے کارن رئیس یہاں مال پر کھنچا چلا آتا ہے۔ انجلی! کاش ایسا ہو جائے کہ تمھارے پیار کا، تمھارے جسم کا مقناطیس اسے ہر کشش سے آزاد کرا کے اپنی طرف کھینچ لے، جذب کرلے، سب سے چھڑا کے اپنا بنالے۔ کسی نے اس کے اندر سرگوشی کی۔

اس وقت ان کی گاڑی اسمبلی ہاؤس کے مقابل سروس روڈ پر رکی ہوئی تھی۔ رئیس گاڑی کے بونٹ پر ٹکا ہوا تھا۔ اس کی نظریں دور کہیں گم تھیں۔ انجلی بھی اتر کر اس کے پاس آکھڑی ہوئی۔ مال روڈ سنسان تھا۔ وقفے وقفے سے اکا دکا گاڑی گزرتی۔ الفلاح کے گیٹ کے ساتھ پان کی دکان بند ہو رہی تھی، پاس ہی ایک ٹھیلے والا کھڑا اپنے سامان پر ترپال ڈال کر اسے ڈوری سے باندھ رہا تھا۔ الفلاح بلڈنگ کے جالی دار مین گیٹ کے سامنے کی فٹ پاتھ پر کچرا چننے والے دو بچے اپنی بوریوں کو تکیے کی طرح سر کے نیچے رکھے گٹھری بنے پڑے تھے۔ ان کے قریب ہی بھورے رنگ کا ایک مریل سا کتا بیٹھا ہوا

اونگھ رہا تھا۔ کسی گاڑی کے گزرنے پر کتا الجھن کے ساتھ آنکھیں کھول کر دیکھتا، پھر خطرہ محسوس نہ کرتے ہوئے فوراً ہی آنکھیں موند لیتا۔ انجلی کی نگاہ جیسے اس جگہ آکر ٹھہر سی گئی۔ کچرا چننے والے ان بچوں اور اونگھتے کتے سے اسے اپنائیت کے رشتے کا احساس ہونے لگا۔ وہ بھی تو زندگی کے گلی کوچوں، سڑکوں اور شاہراہوں پر جیون کا، سانسوں کا کچرا چنتی تھی اور پھر یوں ہی آنے والے کل کے لیے بے سدھ ہو کر جسم کو ڈال دیتی تھی۔ جسم اگر بے حال ہو، بے سدھ ہو تو فٹ پاتھ میں اور میٹریس میں کوئی فرق نہیں رہتا۔ رگ رگ میں اتری ہوئی تھکن آنکھوں کو بے خوابی کی مشقت میں نہیں ڈالتی، پورا جسم نیند اوڑھ لیتا ہے۔ انجلی کی اپنی زندگی ان کچرا چننے والے بچوں اور اس کتے سے کتنی مشابہت رکھتی تھی۔ اس کے ساتھ بھی تو یہی ہوتا ہے کہ گھڑی کی گھڑی انسانی جسموں کا کوئی رسیا آتا ہے، وہ آنکھیں کھول کر دیکھتی ہے، بالکل سامنے بیٹھے اس کتے کی طرح۔۔۔ آنے والا خریدے ہوئے لمحے گزارتا ہے اور چلا جاتا ہے۔ وہ آنکھیں موند لیتی ہے۔ کتنی مماثلت ہے اس دنیا کے سارے باشندوں میں، سب طرف سب کچھ ایک جیسا ہو رہا ہے۔ انجلی نے سوچا اور ایک مانوس مگر بے نام کوفت محسوس کی۔ اس کی نظریں خود بخود آگے کی طرف پھسلتی چلی گئیں۔ دکانوں کے لال، نیلے اور ہرے نیون سائن جگمگا رہے تھے۔ مسجدِ شہدا کے دائیں طرف رکشے بالکل سیدھی قطاروں میں کھڑے تھے۔ ریگل کے بغلی دروازے کے ساتھ دہی بھلے کی دکان پر ایک آدمی باہر رکھی کرسیاں میزیں جلدی جلدی اٹھا کر اندر رکھ رہا تھا۔ آگے مین گیٹ کے سامنے گل فروش کی دکان کے ساتھ ایک بینچ پر دو کانسٹیبل بندوقیں تھامے بیٹھے تھے۔ ایک کے ہاتھ میں ٹارچ تھی جسے وہ تھوڑی تھوڑی دیر میں جلا بجھا رہا تھا۔ انجلی نے بغور اس پورے منظر کا جائزہ لیا، پھر ایک نظر رئیس پر ڈالی اور سوچا، آخر ایسی کیا چیز ہے جو اس آدمی کو آدھی رات کو یہاں ضرور کھینچ

لاتی ہے؟ اسے کہیں کوئی خاص شے نظر نہ آئی۔ یہ مال روڈ اس کی سوت ہے، انجلی نے سوچا۔ پھر خود ہی اپنے خیال کے بے تکے پن پر اسے ہنسی آگئی۔ کوئی سڑک کسی عورت کی سوت کیسے ہو سکتی ہے؟ اس نے سر جھٹکا۔

"کیا ہوا؟" رئیس اس کے ہنسنے پر متوجہ ہوا۔

"کچھ نہیں۔" وہ کھلکھلا کر ہنس دی۔

"میں سوچ رہی تھی۔۔۔ یوں ہی بس خیال آیا کہ یہ مال روڈ میری سوت ہے، میرے حصے کا وقت بھی یہ اڑا لیتی ہے۔"

رئیس ہنس دیا۔

"چائے پیو گی؟" اس نے پوچھا۔

"جیسے آپ کی مرضی۔" انجلی نے جواب دیا۔

"پینی ہے تو بتاؤ۔"

"رہنے دیں۔۔۔" انجلی نے گھڑی دیکھتے ہوئے کہا، "ڈیڑھ بج رہا ہے، بس اب چلتے ہیں۔" آخر اپنی بات کہنے کا وقت اسے کب ملے گا، اس نے خود سے کہا۔

ٹی وی پر جاسوسی فلم آرہی تھی، صوفے پر نیم دراز رئیس اس فلم میں منہمک تھا۔ انجلی ڈریسنگ ٹیبل کے سامنے بیٹھی بالوں میں برش پھیر رہی تھی۔ تین بجے کا عمل تھا۔ اس بار اپنی بات کہنے کا وقت نہیں بچا، انجلی نے سوچا۔ ٹھیک ہے تو پھر اگلی بار۔۔۔ لیکن بستر تک آتے آتے ہر بار یہی وقت ہو جاتا ہے، اگلی بار بھی یہی وقت ہو جائے گا۔ بات اسے کر لینی چاہیے۔ انجلی نے خود سے کہا۔ وہ انتظار کر رہی تھی کہ رئیس اٹھ کر بیڈ پر آ جائے لیکن رئیس ٹی وی میں مصروف تھا۔ عجیب آدمی ہے یہ۔ اس نے سوچا۔ اتنے پیسے خرچ کرتا ہے۔۔۔ جہاز کا کرایہ، اس گیسٹ ہاؤس کا بل، انجلی کے لیے قیمتی تحفے۔۔۔ یہ

سب کچھ صرف ایک بار کی قربت کی قیمت ہے۔ اس نے اپنی زندگی میں آنے والے ان مردوں کو یاد کیا جو ایک رات میں کئی کئی بار اپنی خواہش کی گنتی پوری کرنے اس کے پاس آتے رہے تھے اور پھر ہمدردی اور محبت کے ساتھ رئیس کی طرف دیکھا، کیسی معصوم اور مہربان روح ہے اس شخص کی۔ اسے تفاخر اور طمانیت کا احساس بھی ہوا کہ وہ اب تک اتنی دل کش اور حسین تھی کہ کوئی جوان اور صحت مند مرد اس کی ایک بار کی قربت کے لیے اتنے بہت سارے روپے لٹا سکتا ہے۔ لیکن اگلے ہی لمحے یہ خوشی ماند پڑ گئی اور عمر کے جلد ڈھل جانے کا خوف اس کے اندر سرسراتا چلا گیا۔ اس نے آئینے میں جھانکا، رئیس اسی طرح صوفے میں دھنسا ہوا ٹی وی دیکھ رہا تھا۔ انجلی ڈریسنگ ٹیبل کے سامنے سے اٹھ کر اس کے پہلو میں جا بیٹھی۔

"بڑے مزے کی فلم آ رہی ہے۔ یہ دونوں یہاں گولڈن آرک تلاش کر رہے ہیں۔" رئیس نے اسے قریب کرتے ہوئے کہا۔

"سب لوگ اپنی اپنی گولڈن آرک تلاش کرتے رہتے ہیں۔" انجلی نے مسکراتے ہوئے جواب دیا۔

"ہاں، واقعی زندگی میں ایسا ہی ہوتا ہے۔ ہم سب کسی نہ کسی تلاش میں ہی رہتے ہیں۔ کسی شے کی کمی کا احساس ہمیں ساری عمر ایک کھوج میں لگائے رکھتا ہے۔" رئیس اسے بازوؤں کے حلقے میں لے چکا تھا۔

"ہوں۔" انجلی نے اس کی گود میں سر رکھ کر لیٹنا چاہا لیکن صوفے کی تنگی آڑے آ گئی۔

"اب لیٹ جاؤ۔" رئیس نے اٹھ کر اس کے لیے پہلو میں جگہ بنائی۔

"نہیں، آپ اَن ایزی ہو گئے۔ وہاں آ جائیں نا بیڈ پر۔ ٹی وی کا رخ اس طرف کر لیتے

ہیں۔"

"چلو۔" رئیس اس کے ساتھ بیڈ پر آگیا۔

انجلی اس کی گود میں سر رکھ کر لیٹ گئی۔ رئیس کی نظریں ٹی وی کی اسکرین پر تھیں لیکن اس کا ہاتھ انجلی کے بالوں میں کنگھی کر رہا تھا۔ "بس end آگیا ہے فلم کا۔" اس نے انجلی کی طرف دیکھا اور جیسے اس کی تھکن کا احساس کرتے ہوئے کہا۔

وہ آنکھیں موندے اس خیال میں کھوئی ہوئی تھی کہ اسے بات کہاں سے اور کیسے شروع کرنی چاہیے؟ اسے یقین تھا، رئیس اس کی بات مان جائے گا۔۔۔ لیکن ایک اندیشہ بھی تھا۔۔۔ شاید نہیں۔ اسی ادھیڑبن میں اس نے رئیس کا ہاتھ اٹھا کر اپنے دل پر رکھ لیا۔ اسے خود رئیس کی ہتھیلی پر دھک دھک کی دھمک محسوس ہو رہی تھی لیکن دھیرے دھیرے یہ دھمک سینے پر تیرتے مردانہ ہاتھ کے لمس میں تبدیل ہوتی چلی گئی۔ حدت اور نشے کا ملا جلا احساس تھا۔ انجلی نے آنکھیں کھولیں۔ رئیس کا دھیان ٹی وی سے ہٹ چکا تھا۔ اپنی بات کہنے کا یہ بالکل ٹھیک وقت ہے، انجلی کے اندر جیسے سرگوشی ہوئی۔

"میں اگر آپ سے کچھ مانگوں تو۔۔۔" انجلی نے بے حد ملائم آواز میں کہا۔

"ہاں ہاں، کیوں نہیں؟ میں نے تو کئی بار پوچھا ہے تم سے، تم نے آج تک کوئی فرمائش ہی نہیں کی۔"

"اس لیے نہیں کی کہ آپ بغیر فرمائش کے ہی اتنا کچھ کر دیتے ہیں۔ لیکن اب جو میں کہہ رہی ہوں، وہ بہت خاص ہے۔۔۔ بہت بڑی فرمائش ہے۔"

"تم بتاؤ تو سہی۔"

"آپ۔۔۔ مجھے۔۔۔ یہاں۔۔۔ سے۔۔۔ اس جگہ سے۔۔۔ اپنے۔۔۔ ساتھ۔۔۔ لے چلیں۔" انجلی نے مشکل سے اپنی بات پوری کی۔

"تم یہاں خوش نہیں ہو، لاہور میں رہنا نہیں چاہتیں؟"

"نہیں، میں اب۔۔۔ صرف آپ۔۔۔ بس اب آپ کے ساتھ رہنا چاہتی ہوں۔۔۔ سب کو چھوڑ کر۔۔۔ ساری دنیا سے الگ ہو کر۔"

"مطلب۔۔۔ مم۔۔۔ میں سمجھا نئیں۔" رئیس نے گومگو کی کیفیت میں اسے دیکھا۔

"رئیس۔۔۔! آپ۔۔۔ آپ مجھے اپنا بنالیں۔"

اسے لگا اس کے سینے پر دھرا رئیس کا ہاتھ جیسے کھسک کر شانے کی طرف بڑھ رہا ہے۔ انجلی کی نگاہیں رئیس کے چہرے پر مرکوز تھیں۔ اس نے خالی خالی نظروں سے انجلی کی طرف دیکھا، پھر نظریں ہٹالیں۔ ایک پھیکی سی مسکان اس کے چہرے پر آئی، لمبی سانس کھینچ کر لمحے بھر رکا، پھر دھیرے دھیرے بولا، "انجلی۔۔۔! تم نے وہ فرمائش کر دی۔۔۔ جو میں پوری نہیں کر سکتا۔"

انجلی ایک لمحے کے لیے سانس لینا بھول گئی۔۔۔ کوئی چیز جیسے اس کے حلق میں پھنس گئی۔ اس نے بولنے کے لیے اپنی ساری قوت جمع کی، "بس یہ بات مان لیں، اس کے بعد میں ساری عمر کبھی کوئی فرمائش نہیں کروں گی۔ کبھی کچھ نہیں مانگوں گی۔"

"نہیں انجلی! وہ نہ کہو جو میں نہیں کر سکتا۔"

"آپ کر سکتے ہیں۔۔۔ بہت آسانی سے۔۔۔ آپ جو کچھ مجھے ایک دن میں دے جاتے ہیں، میں اس میں پورا مہینہ۔۔۔ پورا سال گزار لوں گی۔ آرام سے، خوشی سے، آپ کے نام پر، آپ کی محبت کے سہارے۔" انجلی کی آواز بھیگ گئی۔

"نہیں۔۔۔ نہیں انجلی!"

"ہاں، ہاں میں سچ کہہ رہی ہوں۔" وہ پھکو پھکو رونے لگی۔

"اچھا۔۔۔اچھا سنو۔ اٹھ کر بیٹھو۔ میں بتاتا ہوں، میری بات سنو۔ میں تمھیں مسئلہ بتاتا ہوں۔"

انجلی نے اٹھ کر ٹیشو پیپر سے آنکھیں پونچھیں، ناک صاف کی اور سر جھکا کر بیٹھ گئی جیسے ہارا ہوا سپاہی اپنے غنیم کے سامنے بیٹھتا ہے۔

"انجلی!" رئیس نے بولنا شروع کیا، "دیکھو انجلی! تم میری زندگی میں آنے والی پہلی عورت نہیں ہو۔ میں تم سے پہلے بھی کچھ عورتوں سے مل چکا ہوں۔ کسی سے ایک بار، کسی سے دو بار، کسی سے چار بار۔ لیکن میں جھوٹ نہیں بول رہا، یقین کرو، میں عیاش آدمی نہیں ہوں۔ عورتیں اور بھی آسکتی ہیں میری زندگی میں۔ لیکن میں اپنے لیے کسی جسم کا نہیں بلکہ ایک روح کا متلاشی ہوں۔ ایسی روح کا جو میرے ساتھ کسی بندھن میں نہ بندھی ہو، جس سے کسی رشتے، کسی تعلق کی بیڑیاں میرے پاؤں میں نہ پڑی ہوں۔ اس سے میرا لاتعلقی کا تعلق ہو۔ اس سے میری دوستی ہو۔۔۔ بے نام دوستی، جو کچھ نہیں مانگتی، کوئی سوال نہیں کرتی، کسی الجھن، کسی آزمائش میں نہیں ڈالتی، کسی دوراہے پر لے کر نہیں آتی۔۔۔ جو صرف اپنی زبان میں بات کرتی ہے، دنیا کی زبان اسے آتی ہی نہیں۔ میں جس عورت سے بھی ملا ہوں، میں نے اس میں ایسی ہی روح کو تلاش کیا ہے، ایسے ہی تعلق کو ڈھونڈا ہے۔۔۔ لیکن مایوسی ہوئی سب سے۔۔۔ ہاں تم سے مل کر لگا، مجھے تمھاری ہی تلاش تھی لیکن نہیں۔۔۔ شاید۔۔۔ نہیں۔۔۔!" وہ چپ ہو گیا۔

انجلی خاموشی سے سر نیہوڑائے بیٹھی رہی۔

"انجلی!" رئیس پھر بولنے لگا، "میں مال دار آدمی ہوں اور ایک لمبا چوڑا خاندان ہے میرا۔ ماں باپ، بھائی بہن، بیوی بچے۔۔۔ سب ہیں۔ سب اچھے ہیں، بیوی بھی اچھی ہے۔ لیکن انجلی ہر رشتہ اپنی ضرورتوں اور تقاضوں کے ساتھ بندھا رہتا ہے۔۔۔ اپنے مطالبات

کے ساتھ زندہ رہتا ہے۔ ضرورتیں اور تقاضے ہٹا دیے جائیں تو رشتہ ختم ہو جائے گا۔ اس کا مطلب ہے، اصل چیز رشتہ تو نہ ہوا۔۔۔ اصل چیز تو ضرورت ہوئی۔ انجلی! میں اپنی روح میں تنہائی محسوس کرتا ہوں۔ اسی لیے، صرف اسی لیے ایک ایسے رشتے کا متلاشی ہوں جس کی شناخت اس کی ضرورتوں اور تقاضوں کے بغیر ہو سکے۔۔۔ لیکن شاید ایسا کوئی رشتہ اس دنیا میں کہیں بھی ممکن نہیں ہے۔" وہ خاموش ہو گیا۔

کمرے میں ہولناک سناٹا گونجنے لگا۔

لمحے بھر تامل کے بعد وہ پھر بولا، "انجلی! مجھے افسوس ہے، اتنے عرصے میں تم نے ایک فرمائش کی اور میں وہ بھی پوری نہیں کر سکا۔ بات یہ ہے کہ میں کسی نئے چہرے پر کسی پرانے رشتے کا لیبل چسپاں کر کے بکھیڑے میں نہیں پڑنا چاہتا۔ میں تو خود اپنی ایک بے تکی خواہش کی تکمیل کے چکر میں ہوں۔ ہو سکے تو میری مجبوری کو محسوس کرتے ہوئے مجھے معاف کر دینا۔" رئیس نے چند لمحے سکوت کیا، پھر انٹر کام پر ریسیپشن سے رابطہ کیا، "مجھے ایئرپورٹ کے لیے گاڑی چاہیے۔ ٹھیک ہے، میں دس منٹ میں آتا ہوں۔" اس کے بعد وہ اپنی چیزیں سمیٹ کر بیگ میں رکھنے لگا۔ انجلی گھٹنوں میں سر دیے بیٹھی رہی۔ بیگ بند کر کے وہ انجلی کے پاس آیا۔

"اوکے انجلی۔۔۔! بائے!"

یکبارگی انجلی کا جی چاہا کہ وہ اٹھ کر رئیس سے لپٹ جائے اور پھوٹ پھوٹ کر روئے، اس سے کہے کہ تم صرف ایک بے نام رشتے کی تلاش میں ہو اور میں ایسے ہی بے نام رشتوں میں جیون بتا رہی ہوں، لیکن دکھی ہوں، بے چین ہوں، میں ایک ایسے رشتے کی تلاش میں ہوں جسے میں شناخت کر سکوں، جس کے ذریعے اپنی شناخت حاصل کر سکوں، دنیا کے سامنے، دنیا کی زبان میں۔۔۔ لیکن اسے اپنا وہ فقرہ یاد آیا جو اس نے ابھی تھوڑی

دیر پہلے مذاق میں رئیس سے کہا تھا، سب لوگ اپنی اپنی گولڈن آرک کی تلاش میں لگے رہتے ہیں۔ اس نے سوچا، رئیس اور وہ دونوں گم شدہ افراد ہیں اور دونوں کسی اپنے کی تلاش میں ہیں۔ دو گم شدہ لوگ جن کے سفر کی سمتیں بھی الگ الگ ہوں، ایک دوسرے کے لیے کیا کر سکتے ہیں۔۔۔ وہ تو شاید ایک دوسرے کی ہمت بھی نہیں بندھا سکتے۔ رئیس اس کے پاس ہی کھڑا تھا۔ انجلی نے ڈبڈباتی آنکھوں سے پل بھر کے لیے اس کی طرف دیکھا اور بہت ملائمت سے "بائے" کہہ کر پھر گھٹنوں میں سر دے لیا۔

***

مانوس

ہوا کا زور بڑھ گیا تھا۔

اب صاف معلوم ہونے لگا تھا کہ چھوٹی چھوٹی چک پھیریاں اٹھاتی اور ریت کے ہلکے ہلکے چھینٹے اڑاتی ہوا کی ان موجوں کے پیچھے کچھ اور ہے۔ صحراؤں کے آنگن میں پلنے بڑھنے والے کان اور آنکھیں ہوا کے بدن سے پھوٹتی خوشبو اور اس کا روپ بڑھاتی چال کو محسوس کرنے اور پہچاننے میں زیادہ وقت نہیں لگاتے۔ کان اور آنکھیں ہی نہیں ایسے جسموں کی تو ایک ایک پور ہوا کے بدلتے رنگ اور تبدیل ہوتے ہوئے ذائقے کو شناخت کرنے میں طاق ہوتی ہے اور پھر سب سے بڑھ کر دل کہ جو فوراً ہی بدلاؤ کے بھید پا لیتا ہے اور بتانے لگتا ہے کہ ہوا کے پیچھے آندھی لپک رہی ہے یا طوفانِ باراں کا کوئی منہ زور قافلہ امڈا چلا آتا ہے۔

مراد نے گلے میں پڑے تعویذ کو پکڑ کر پھر سینے کے رخ پر سیدھا کیا جسے ابھی ہوا کا زور آور تھپیڑا سینے سے اٹھا کر اس کے کاندھے پر رکھ گیا تھا۔ کرسی پر بیٹھے بیٹھے مراد نے ہاتھ بڑھا کر بستر کے سرہانے سے قمیص اٹھا کر جھٹکی جیسے گرد جھاڑ رہا ہو اور پھر گلے میں ڈال لی۔ معلوم نہیں، نیلم کیا کر رہی ہے اور اس کا کیا ارادہ ہے، اس نے سوچا۔ سر شام جب وہ ترائی سے گھوم کر واپس آیا تو اس کی ملاقات نیلم سے برآمدے میں ہوئی تھی۔ وہ اپنے کمرے کے آگے ستون سے کاندھا ٹکائے کھڑی تھی۔ سرمئی رنگ کا لباس بھی اس پر اچھا لگ رہا تھا، لیکن ساتھ ہی یہ رنگ نجانے کیوں کچھ اداسی بھی جگا رہا تھا۔ لپ اسٹک کا

رنگ بھی آج خلاف معمول شوخ نہیں تھا۔ گیٹ سے داخل ہوتے ہی اس پر نظر پڑی تو مراد اسی طرف چلا آیا۔

"آپ بہت پریکٹیکل آدمی ہیں۔ یہ کام ایسے ہی مزاج کے لوگ بہتر طور پر کرسکتے ہیں۔" نیلم نے اسے قریب آتا دیکھ کر کہا۔

"شکریہ۔ ویسے حقیقت وہی ہے جو شاعر نے کہی ہے کہ ہیں کواکب کچھ نظر آتے ہیں کچھ۔" مراد نے ہنس کر کہا۔

"نہیں، آپ واقعی بہت پریکٹیکل آدمی ہیں اور یہ اچھی بات ہے۔" وہ سنجیدہ تھی۔

"نوازش!" مراد نے بھی سنجیدگی سے کہا اور پوچھا، "آپ کے شوہر کب تک پہنچ رہے ہیں؟"

"وہ نہیں آئیں گے، مجھے یقین ہے۔" یہ کہہ کر نیلم نے قہقہہ لگایا۔ پھر بولی، "اس لیے میں اب واپس جارہی ہوں۔"

"ارے، مگر انھوں نے تو آج پہنچنے کی یقین دہانی کرائی تھی۔"

"وہ تو انھوں نے آج بھی پورے جوش سے کل کے لیے کرائی ہے۔" اس بار نیلم کا قہقہہ زیادہ بلند اور طویل تھا۔

مراد بھی ہنس دیا۔ "لیکن آج تو یہاں سے سفر کرنے کا دن نہیں ہے۔" اس نے شمال کی طرف سے اٹھتی گھٹاؤں کو دیکھ کر کہا۔

"اسی لیے میں فوراً یہاں سے نکلنے کا سوچ رہی ہوں۔ ابھی چل دوں تو موسم کے بے قابو ہونے سے پہلے صحرا سے باہر نکل سکتی ہوں۔"

"میرا نہیں خیال کہ ہوا آپ کو اتنا وقت دے گی۔"

"ایک بار چل دوں تو پھر دیکھا جائے گا۔"

"میرا مشورہ تو یہی ہے کہ آج نہ جائیے۔"

"اب رکنے کے لیے کچھ رہا نہیں۔" نیلم کا لہجہ سپاٹ تھا۔

اتنی دیر میں ڈاک بنگلے کا ملازم مٹھل چائے کی طشتری اٹھائے ہوئے آ پہنچا۔ ساتھ ہی ایک رکابی میں بسکٹ اور دوسری میں پکوڑے بھی تھے۔

"آیئے، چائے پی لیجیے۔" یہ کہہ کر نیلم کمرے کی طرف بڑھی۔

"یہ آپ کے لیے ہے، آپ لیجیے، میں اپنے کمرے میں جا کر منگا تا ہوں۔" مراد نے بیگ کاندھے پر جمایا۔

نیلم نے مڑ کر اسے دیکھا اور بولی، "چائے زیادہ ہے۔ آپ آسانی سے اس میں سے پی سکتے ہیں۔"

"زیادہ، مگر کیوں؟"

"اس وقت ایک کپ میں میرا گزارا نہیں ہو سکتا تھا، میں نے زیادہ منگوائی ہے۔" نیلم نے اطمینان سے جواب دیا، "پھر مجھے یہ بھی خیال تھا کہ آپ کی واپسی کا وقت ہو رہا ہے۔ آکر آپ بھی ضرور چائے پییں گے۔ اس لیے میں نے مٹھل سے کہا تھا چار کپ، یعنی آپ کی چائے بھی ساتھ ہی لے آئے۔ اس طرح آپ کے لیے بھی دو کپ چائے آ چکی ہے۔" یہ کہہ کر اس نے قہقہہ لگایا۔

"آپ کا شکریہ، مگر میں آپ کو پہلے ہی بتا دوں کہ میرے لیے ایک دم ڈیڑھ کپ سے زیادہ چائے پینا ممکن نہیں ہے۔" مراد نے ہنس کر کہا۔

"آپ چاہیں تو ایک کپ پر بھی قناعت کر سکتے ہیں۔ مجھے کوئی اعتراض نہیں ہو گا۔" نیلم کا چہرہ بھی شگفتہ تھا۔

وہ صوفے پر بیٹھ کر چائے بنانے لگی۔ مراد نے ڈریسنگ کے ساتھ رکھی کرسی کا رخ

موڑا اور اس پر ٹک گیا۔

"آپ یہیں صوفے پر آجائیے نا آرام سے۔"

وہ اٹھ کر اس کے برابر آبیٹھا۔ چائے کے دوران دونوں ایک دوسرے کے کام کی بابت پوچھتے اور اپنے اپنے کام کے بارے میں بتاتے رہے۔

"میرا خیال ہے کہ اب آپ نہیں جارہیں۔" مراد نے اٹھتے ہوئے کہا۔

"میں سوچ رہی ہوں مجھے چلا جانا چاہیے، مگر مسئلہ یہ ہے کہ۔۔۔ خیر دیکھتی ہوں۔" اس نے کچھ سوچتے ہوئے کاندھے اچکائے۔

اپنے کمرے میں آکر مراد نے قمیص اتار کر بستر کے سرھانے رکھی اور لیٹ گیا۔ چند منٹ سستا کر اٹھا اور نہانے چلا گیا۔ اتنی دیر میں موسم کا مزاج بدل چکا تھا۔ وہ آکر صوفے پر بیٹھا پھر فوراً ہی کھڑکی کی طرف گیا۔ گیٹ کے داہنی طرف کی پارکنگ میں نیلم کی گاڑی کھڑی تھی۔ اس نے پھر غور سے دیکھا اور مطمئن ہو گیا۔ ہوا میں اب مٹی کی خوشبو نمایاں ہو چکی تھی۔ وہ کرسی کھینچ کر وہیں کھڑکی کے پاس بیٹھ گیا۔ لیکن یہ عورت اس موسم میں بھی بے دھڑک واپسی کے سفر پر روانہ ہو سکتی ہے۔ اس نے خود سے کہا اور پھر اس کا ذہن ایک دم بہت سے خیالوں سے بھر گیا۔ ذرا سی دیر میں اس پر کچھ غفلت سی طاری ہو گئی۔ جب اسے دوبارہ دھیان آیا تو روشنی خاصی ماند پڑ چکی تھی۔ کھڑکی کی جالی سے ہوا کود کر کمرے میں اتر رہی تھی اور اس کے ساتھ ہی ریت بھی۔ اس نے سوچا، اٹھ کر کمرے کی کھڑکیاں اور دروازہ بند کر دے، لیکن پھر رک گیا۔

اچانک شام کا نارنجی رتھ سرمئی پردوں سے نکل کر اب رات کے تاریک آنگن میں اتر آیا تھا۔ موسم کی بدلی ہوئی صورت دیکھ کر متھل وقت سے پہلے شمع دان کو روشنی دکھانے چلا آیا۔ مراد نے کھڑکی سے باہر جھانکا۔ اسے لگا اندھیرے کے گولے جیسے

آسمان سے برس رہے تھے۔ پھر ہوا کا ایک تیز جھونکا آیا اور اس نے محسوس کیا کہ ڈھیر سارے اندھیرے کو سمیٹ کر اپنے ساتھ لے گیا۔ باہر اسے تاریکی کم ہوتی نظر آئی۔ شمع دان روشن کر کے مٹھل اسٹول سے اترا تو مراد نے اس سے کہا، "مٹھل ہوا کے ارادے آج کچھ ٹھیک نظر نہیں آرہے۔"

"ہا صاب! آج ہوا میں بدلاؤ ہے۔" مٹھل نے تائید کی۔

"اس کے پیچھے طوفان چلا آرہا ہے مٹھل، بڑا زوردار طوفان۔"

"ہا صاب، ایسائی لگتائے۔" مٹھل نے کہا اور پھر اچنبھے سے بولا، "صاب! آپ صحرا کی ہوا کو پے چانتائے۔"

مراد مسکرایا، بولا، "میرا بچپن اسی علاقے میں گزرا ہے۔"

"ہاسائیں بروبر۔" مٹھل نے سر ہلایا۔ اس کے لہجے میں اپنائیت تھی۔ "جبی آپ ایسا بولتائے۔"

مراد کا جی چاہا کہ وہ اس سے نیلم کا پوچھے، لیکن اس نے نہیں پوچھا۔

مٹھل دروازے کی طرف بڑھا پھر رک کر اس نے پوچھا، "سائیں ابی آپ کو اور چائے لادوں؟"

"نہیں، تم نے اچھی چائے پلائی تھی اس وقت میڈم کے ساتھ۔ بس اب اور طلب نہیں ہے۔" مراد نے جواب دیا۔

"خادم ہوں سائیں، جو حکم ہو۔" مٹھل نے سینے پر ہاتھ رکھ کر کہا۔

"تم اچھے آدمی ہو۔" مراد نے مسکرا کر اسے دیکھا۔

مٹھل نے دوبارہ سینے پر ہاتھ رکھا اور اس بار گردن بھی خم کی، پھر وہ چل دیا۔ اسے دوسرے کمروں میں بھی شمعیں روشن کرنی تھیں۔

مراد آکر مسہری پر بیٹھ گیا۔ دالانوں اور دریچوں سے ہوا شور کرتی ہوئی گزر رہی تھی۔ یکایک اسے لگا کہ جیسے کمرے کی چھت پر بڑے بڑے پروں اور بھاری بھرکم جسموں والے پرندوں کا کوئی غول آکر اترا ہے۔ اس وقت اور ایسی فضا میں پرندے نہیں ہوسکتے۔ مراد نے سوچا، یقیناً یہ سرکش ہوا کے تیور تھے۔

کھڑکی کی جالیوں کے اس طرف پھر اندھیرے کا رنگ کچھ پھیکا سا ہو گیا تھا۔ مراد اٹھ کر کھڑکی کے پاس آیا۔ ہوا کے جھکڑ ڈاک بنگلے کی راہ داریوں میں فاتح فوج کے بدمست سپاہیوں کی طرح دندناتے ہوئے پھر رہے تھے۔ یہ آنے والے طوفان کا ہراول دستہ ہے۔ مراد نے خود سے کہا۔ موسم کے اس مزاج کو دیکھتے ہوئے کیا کوئی عقل مند شخص اس وقت سفر کرنے کے لیے نکل سکتا ہے؟ نہیں۔ عقل مند تو کیا اس وقت کوئی بیوقوف شخص بھی سفر کا ارادہ نہیں کر سکتا، بلکہ سفر کرنے والے لوگ بھی اس صورت حال میں کوئی پناہ دیکھ کر ٹھہر جاتے ہیں اور موسم کے واپس اپنی جون میں آنے کا انتظار کرتے ہیں۔ اس نے سوچا اور جیسے کچھ اطمینان محسوس کیا۔

وہ خالی ذہن کے ساتھ اب بھی کھڑکی کے سامنے کرسی رکھے بیٹھا تھا۔ باہر اندھیرا بڑھ گیا تھا، جیسے کسی نے فضا میں کچھ سیاہی لاکر گھول دی تھی۔ یہ خالص سیاہی بھی تو نہیں ہے۔ مراد نے سوچا، اس میں مٹی کو بھی ساتھ ملایا گیا ہے اور پھر اس کے ساتھ ہوا جو کبھی آسمان سے روئی کے کالے گولے اتارتی ہوئی محسوس ہوتی ہے اور کبھی بڑے بڑے سرمئی غبارے زمین سے چھوڑتی نظر آتی ہے۔ یک بہ یک وہ اٹھا اور کمرے سے باہر آگیا۔ گھڑی بھر دروازے کے سامنے رک کر اس نے موسم کی شدت اور کیفیت کا اندازہ کیا اور پھر نیلم کے کمرے کی طرف چل دیا۔

راہ داریاں تاریک اور سونی تھیں۔ اسے نہیں معلوم تھا کہ ان دنوں اس ڈاک بنگلے

میں کتنے لوگ ٹھہرے ہوئے تھے۔ اس وقت تو یوں لگ رہا تھا جیسے وہ تنہا تھا۔ ایک پل کے لیے تنہائی کا خوف سرد لہر بن کر اس کے پورے جسم میں سنسناتا ہوا گزرا۔ فوراً اسے نیلم کا خیال آیا۔ کم سے کم ایک فرد تو اس کے ساتھ اس وقت یہاں موجود ہے۔ اس نے سوچا اور اگر وہ جا چکی ہو تو؟ اس سوال نے اس کے دل کو یک لخت بوجھل اور جسم کو نڈھال کر دیا۔ اسے لگا جیسے اس کے پاؤں من من بھر کے ہو گئے اور وہ انھیں بڑی دقت سے اٹھا رہا تھا۔ کیا اس وقت کمرے سے نکلنا اور نیلم کو جا کر دیکھنا، سب بے کار ثابت ہو گا؟ سراسر ایک لاحاصل کاوش۔ اسے لگا جیسے اس کے قدم سست پڑ رہے تھے۔

اندھیرا اتنا گہرا تھا کہ اسے محض اندازے سے چلنا پڑ رہا تھا۔ اچانک اس کا پاؤں کسی چیز سے ٹکرایا اور وہ گرتے گرتے بچا۔ پہلے کچھ سمجھ نہ آیا کہ وہ کیسے اور کس چیز سے ٹکرایا ہے؟ پھر فوراً ہی خیال آیا کہ یہ راہ داری کے حاشیے پر رکھا ہوا ماربل کا بڑا سا گملا ہو گا۔ اس نے ٹٹول کر دیکھا۔ وہ گملا ہی تھا۔ ٹھوکر اتنی شدید تھی کہ اس کے داہنے پاؤں کی انگلیاں اور انگوٹھا بری طرح درد کرنے لگے۔ وہ زمین پر بیٹھ گیا۔ پاؤں ٹھیک سے نظر نہیں آ رہا تھا۔ بس ایک ہیولا سا معلوم ہو رہا تھا۔ اس نے چھو کر دیکھا۔ انگوٹھا اور اس کے ساتھ کی دو انگلیاں چھل گئی تھیں۔ ہاتھ لگاتے ہی جلن کا احساس ہوا۔ اسے فوراً ڈیٹول سے دھو لینا چاہیے، اس نے سوچا۔ اس کے شیونگ بوکس میں ڈیٹول کی بوتل تھی۔ ایک لمحے کے لیے وہ تذبذب میں تھا کہ اٹھ کر واپس کمرے میں جائے یا نیلم کی طرف آگے بڑھے۔ پھر وہ اطمینان سے اٹھا اور آگے چل دیا۔

اندازے سے اور ہوا میں ٹٹول ٹٹول کر آگے بڑھتے ہوئے وہ اب اس جگہ پہنچ گیا تھا جہاں سے اسے نیلم کے کمرے تک جانے کے لیے دائیں طرف مڑنا تھا۔ ایک لمحہ رک کر اس نے اندازہ لگایا کہ وہ اب واقعی مڑنے والے مقام پر ہے۔ اس کا خیال درست تھا۔

وہ راہ داری میں مڑنے والی جگہ پہنچ چکا تھا۔ اس کا اندازہ اس نے دورخ سے پڑنے والے آندھی کے تھپیڑوں سے لگایا تھا۔ پھر اس نے ناپ ناپ کر قدم اٹھائے اور جلد ہی وہ دائیں طرف مڑ گیا۔ اب ہوا ایک طرف سے آ رہی تھی۔ چند قدم آگے بڑھ کر وہ رکا۔ اسے خیال آیا کہ یہاں اس سے غلطی ہو گئی۔ اس نے سوچا کہ پہلے ہی اسے دیوار کی طرف ہو جانا چاہیے تھا اور کمروں کے دروازے گنتے ہوئے آگے چلنا چاہیے تھا۔ نیلم چوتھے کمرے میں تھی، لیکن کیا وہ پہلے کمرے کے دروازے سے گزر آیا تھا؟ اس سوال نے اسے الجھن میں ڈال دیا۔

چک پھیری لیتی ہوا کا رخ اس راہ داری میں سیدھا ہو گیا تھا اور اب ہوا بہ راہِ راست اس کے سینے پر پڑ رہی تھی۔ مراد کو چلنے میں دشواری ہو رہی تھی۔ ناچتا ہوا ایک بگولا اچانک اس پر ریت چھڑکتا ہوا گزرا۔ چلتے ہوئے اس کے قدم بچلے اور پاؤں کی دکھن سرسراتی ہوئی پنڈلی تک چلی آئی۔ بیزاری سے اس کے قدم رک گئے۔ چند لمحے یا شاید چند صدیاں وہ اسی طرح ہوا کی زد پر خود سے غافل کھڑا رہا۔ پھر چونکا اور آہستہ آہستہ سرک کر دیوار کے قریب ہو گیا۔ ٹٹول کر دیکھتے ہوئے اسے اندازہ ہوا کہ وہ دروازے کے عین سامنے کھڑا تھا۔ یقیناً یہ پہلا دروازہ ہے۔ چلو، ذہن سے بوجھ ہٹ گیا، اس نے خود سے کہا اور نپے تلے قدموں سے آگے بڑھنے لگا۔ کچھ ہی دیر بعد وہ چوتھے دروازے پر تھا۔ دستک کے لیے ہاتھ بڑھایا، لیکن اس کا بڑھا ہوا ہاتھ ہوا ہی میں معلق رہ گیا۔ کیا اس وقت اسے نیلم کے پاس۔ ایک تنہا عورت کے پاس آنا چاہیے؟ وہ کس رشتے سے اس وقت اس کے پاس آیا ہے؟ کیا ان دونوں کے درمیان ایسا کوئی رشتہ ہے؟ اس نے خود سے پوچھا۔ اندر گہری خاموشی تھی۔ دور تک گہرا سناٹا ہاں یا نہیں کے درمیان معلق تھا۔ دونوں سوالوں کا اسے کوئی جواب نہ ملا۔ اس نے انتظار کیا، مگر جواب ندارد۔ اس نے

دوسرا سوال دہرایا۔ اندر باہر دونوں جگہ صرف ہوا کا شور تھا۔ تب اس نے سر جھٹکا اور آرام سے واپس مڑ گیا۔ ایک لمحہ تامل کیا جیسے کسی اشارے کا منتظر ہو اور پھر چھوٹے چھوٹے قدم اٹھاتا ہوا واپسی کے راستے پر چل دیا۔

کچھ دور چلنے کے بعد جب اسے ہوا دو سمتوں سے آتی محسوس ہوئی تو اس نے اندازہ لگایا کہ یہاں سے اسے بائیں طرف اپنے کمرے کی راہ داری میں مڑنا ہے۔ اصل میں واپسی پر وہ دروازے شمار کرنا بالکل ہی بھول گیا تھا اور بے دھیانی میں یہاں تک چلا آیا تھا۔ جب دھیان آیا تب بھی اسے کوئی پریشانی نہیں ہوئی۔ اس راستے پر غلطی کا کوئی امکان نہیں تھا۔ اس لیے کہ مڑنے کے مقام پر دو سمتوں سے آتی ہوا با آسانی مڑنے کے مقام کا تعین کر رہی تھی۔ یوں بھی اس واپسی کے راستے میں غلطی کا کوئی حساب کتاب، کوئی عذاب ثواب کچھ نہیں تھا۔ دو سمتوں سے آتی آندھی کے جھکڑوں کو سہارتے ہوئے وہ اپنے کمرے کی طرف مڑنے ہی والا تھا کہ عقب میں روشنی تیرتی ہوئی محسوس ہوئی۔ اس نے اضطراری طور پر مڑ کر دیکھا۔ کچھ فاصلے پر ایک ٹارچ روشن تھی۔ اسے یوں لگا جیسے ٹارچ ہوا میں معلق ہے۔ ٹارچ کی روشنی اپنی جگہ سے ہلی اور ہوا میں روشنی کا چھوٹا سا ایک دائرہ بنا۔

"ارے آپ!۔ کیا کر رہے ہیں اس وقت یہاں؟" یہ نیلم کی آواز تھی۔

اسے کچھ سمجھ نہ آیا، کیا جواب دے۔

وہ چلتے ہوئے اس کے قریب آگئی اور اپنا سوال دہرایا۔

"کچھ نہیں، بس ایسے ہی۔" مراد نے دھیمی آواز میں جواب دیا۔

"ایسے ہی کیا بھئی؟ یہ تو کمرے میں بند ہو کر بیٹھنے کا وقت ہے۔ ایسے میں آپ اکیلے راہ داری میں کیوں کھڑے ہیں؟" نیلم کے لہجے میں تشویش تھی اور تجسس بھی۔

"آپ بھی تو اس وقت کمرے سے باہر ہیں۔" مراد نے ہنس کر کہا۔

"ہاں مگر میں تو یہ دیکھنے کے لیے نکلی تھی کہ اگر اس وقت موسم کو منہ چڑا کر چل دوں تو وہ میرا راستہ کھوٹا تو نہیں کرے گا۔" نیلم نے قہقہہ لگایا۔

"ارے! اس وقت؟ عقل کے ناخن لیجیے۔"

"ناخن کیا، میں تو عقل کی پوری پوری انگلیاں لے لوں پر وہ ملتی کہاں ہے اور کس کام آتی ہے؟" اس بار قہقہہ زیادہ طویل تھا۔

"ہاہاہا! آپ کمال کی خاتون ہیں۔ بہت زندہ دل۔"

"شکریہ، شکریہ۔" نیلم پھر ہنس دی اور بولی، "چلیے اب تو بتا دیجیے، آپ اس وقت کس مہم پر کمرے سے نکلے تھے؟"

"چہل قدمی کے لیے۔" مراد نے قہقہہ لگایا۔

"واہ! پھر تو آپ بھی کمال کے آدمی ہیں۔" اس بار قہقہہ لگاتے ہوئے ٹارچ نیلم کے ہاتھ سے گری اور روشنی بند ہو گئی۔

"ارے یہ کیا؟" مراد کی آواز میں تردد تھا۔

"کچھ نہیں، ٹارچ ہاتھ سے چھوٹ گئی۔" وہ زمین پر بیٹھ کر ٹارچ کو ڈھونڈنے لگی۔

"اووچ!"

"کیا ہوا؟" مراد نے تشویش سے پوچھا۔

کوئی جواب نہ آیا۔

"آپ ٹھیک تو ہیں؟" مراد نے پھر سوال کیا۔

اسی لمحے زوردار کڑاکے کی آواز کے ساتھ آسمانی بجلی چمکی۔

مراد نے دیکھا نیلم گھٹنوں اور کہنیوں کے بل زمین پر تھی۔ کچھ سوچے سمجھے بغیر

اضطراری طور پر وہ اس کی طرف لپکا۔ اس کا ہاتھ نیلم کے کاندھے پر تھا۔ دوسرا ہاتھ بڑھا کر اس نے نیلم کو اٹھنے میں مدد دی۔

نیلم نے اس کا ہاتھ پکڑا اور بولی، "ایک منٹ پلیز۔" وہ آگے جھکی اور اگلے لمحے اس کا سہارا لے کر اٹھ کھڑی ہوئی۔ "شکریہ۔ وہ اصل میں ٹارچ ڈھونڈتے ہوئے توازن قائم نہیں رہا تھا۔" اس کے ہاتھ میں ٹارچ پھر روشن ہو گئی تھی۔

"چلیے مل گئی۔ بہت اچھا ہوا۔"

"میں تو اسے صبح تک ڈھونڈتی رہتی۔ وہ تو اوپر والے نے مدد کی اور عین اسی وقت اپنی لائٹ جلا کر مجھے دکھا دیا کہ یہ لڑھک کر کسی طرف چلی گئی ہے۔" اس نے ہنستے ہوئے کہا۔

"ہاں، پھر تو واقعی صحیح وقت پر بجلی چمکی۔"

"اور یہ بھی شکر کا مقام ہے کہ ٹارچ گری اور اس کا صرف بیک کور کھلا اور سیل اپنی جگہ سے ہٹ گیا۔ اب کور کو اپنی جگہ بٹھا کر کسا تو یہ فوراً جل گئی۔ گرنے سے اگر اس کا بلب ہی ٹوٹ جاتا تو بس پھر تو ٹائیں ٹائیں فش۔"

"کوئی نیکی کام آ گئی آپ کی۔" مراد نے کہا۔

"ہاہاہا! سوچنا پڑے گا میرے اکاؤنٹ میں ایسی کوئی نیکی کیسے آ گئی؟" اپنی بات پر نیلم نے خود ہی قہقہہ لگایا پھر بولی، "آپ کا کیا ارادہ ہے؟ چہل قدمی ہو گئی یا ابھی جاری ہے؟"

"ہو چکی۔"

"یعنی اب آپ کمرے میں جا کر سکون سے بیٹھ سکتے ہیں۔ ٹھیک ہے تو چلیے پہلے آپ کو کمرے تک لے چلتی ہوں۔"

"لیکن اس تکلف کی کیا ضرورت ہے؟"

"یہ تکلف اس لیے کہ آپ کے پاس کوئی ٹارچ نہیں ہے۔"

"مجھے اس کی ضرورت نہیں، میں یوں بھی کمرے تک پہنچ سکتا ہوں، وہ سامنے تو ہے۔" مراد نے ہاتھ سے اشارہ کرتے ہوئے کہا،"اور اب اگر آپ کی یاترا مکمل ہوگئی ہے تو آپ بھی اپنے کمرے کی طرف جائیے، میں آرام سے چلا جاؤں گا۔"

"اندھیرے میں آپ کو مشکل ہوگی۔" یہ کہہ کر اس نے سر جھٹکا اور بولی، "شاید میں یہ بحث خواہ مخواہ کر رہی ہوں۔ مجھے یہ بات سمجھنی چاہیے کہ آپ میرے آنے سے پہلے یہاں اس گھور اندھیرے میں مزے سے مٹرگشت کر رہے تھے۔"

مراد ہنس دیا۔

"چلیے خیر، پھر بھی میں آپ کو کمرے تک لے چلتی ہوں۔"

"نہیں۔" مراد نے قطعیت سے کہا، "اچھا ایسا کرتے ہیں، آپ اپنے کمرے کی طرف چلیے اور میں اپنے کمرے کی طرف۔ آپ یہیں سے مجھے روشنی دے کر راستہ دکھاتی رہیے، میرے لیے اتنا ہی کافی ہوگا۔"

"آپ مردوں کی انا بہت بے تکی ہوتی ہے۔" اس نے قہقہہ لگایا اور بولی، "چلیے، ٹھیک ہے۔"

دونوں اپنے اپنے راستے پر ہو لیے۔

کمرے میں داخل ہو کر مراد ابھی کرسی تک بھی نہیں پہنچا تھا کہ بادل زور سے کڑکا۔ پل بھر کے لیے آسمانی بجلی سے کمرہ چکا چوند ہوا اور ساتھ ہی موسلا دھار بارش ہونے لگی۔ اس کا دل ایک دم جیسے بہت پر سکون اور مطمئن ہو گیا۔ اب تو اسے سفر کا ارادہ صبح تک ملتوی کرنا ہی پڑے گا۔ اس نے سوچا اور مسکرا دیا۔ شمع دان کی روشنی بہت مدھم

تھی، پھر بھی کمرے میں سب کچھ صاف دکھائی دے رہا تھا۔ وہ آکر آرام سے کرسی پر بیٹھ گیا۔ ذہن بالکل خالی تھا۔ اس نے دونوں ہاتھ موڑ کر پیچھے گدی پر رکھے اور سر کو ان پر ٹکا لیا، پھر ٹانگیں بھی پھیلا لیں۔ ذرا سی دیر میں اسے غفلت سی ہو گئی۔ کچھ دیر بعد چونکا اور اٹھ کر بستر پر آگیا۔ بارش مسلسل ہو رہی تھی۔ لیٹتے ہی اس کی آنکھ لگ گئی۔

جاگ کر جس چیز کو اس کے ذہن نے سب سے پہلے محسوس کیا وہ گہری خاموشی تھی۔ اس کا مطلب ہے، بارش رک چکی ہے۔ اس نے خود سے کہا۔ لیٹے لیٹے کھڑکی سے باہر دیکھا۔ اندھیرا کچھ کم محسوس ہوا۔ وہ خالی ذہن کے ساتھ دیکھتا رہا۔ اندھیرا اچانک پھر گہرا محسوس ہونے لگا۔ اس نے آنکھیں موند لیں۔ ذرا دیر بعد کروٹ بدلی، لیکن نیند جیسے بالکل ختم ہو چکی تھی۔ کچھ دیر وہ یوں ہی لیٹا رہا۔ پھر اٹھا اور کھڑکی کے پاس آکھڑا ہوا۔ باہر اب بھی اندھیرا اتنا گہرا تھا کہ نگاہ دو قدم نہ جا سکتی تھی۔ ذرا دیر میں اسے لگا اندھیرے کی چادر میں چھید پڑنے لگے ہیں۔ نگاہ لیکن اب بھی زیادہ آگے تک نہیں جا پا رہی تھی۔ پھر بھی اس نے نظر جما کر غور کیا اور اس کا دل دھک سے رہ گیا۔ نیلم کی گاڑی اپنی جگہ نہیں تھی۔ یک بہ یک اس کی نظر دھندلا گئی۔ اس نے آنکھیں مل کر پھر دیکھا تو دائیں ہاتھ پر گاڑی کا ہیولا سا محسوس ہوا۔ اس نے خود سے پوچھا، اگر وہ چلی گئی تو؟ ایک لمحہ تامّل کیا پھر پوچھا اور اگر نہیں گئی تو؟

دونوں میں سے کسی سوال کا جواب اسے نہیں ملا۔

باہر اندھیرا اور کمرے میں سناٹا ناچ رہا تھا۔

***

بھولی بسری عورت

پل بھر کی مخصوص موسیقی کے بعد سکتہ سا آیا پھر ایک شائستہ آواز ابھری جس نے چند منٹ بعد جہاز کے اترنے کا اعلان کیا۔ طارق آنکھیں موندے نشست سے ٹیک لگائے بیٹھا تھا۔ اس کے ذہن کی اسکرین پر کئی چہرے، کئی آوازیں اور کئی مناظر بہ یک وقت ڈوبتے ابھرتے تیر رہے تھے۔ کئی باتیں وہ ایک ہی وقت میں سوچ رہا تھا۔ یہ سب چہرے، مناظر اور آوازیں تو جیسے گئے زمانوں کی گونج تھے، وہ زمانے جو دور بہت دور کہیں پیچھے رہ گئے تھے۔ جہاز لینڈنگ سے پہلے کی ناہمواری میں تھا اور اسی طرح اس کا ذہن بھی ہچکولے کھا رہا تھا۔ ذہن کی اسی ناہمواری میں لالی کی تصویر ابھری۔ وہی لالی جس کا اسے کتنے برسوں سے دھیان تک نہیں آیا تھا۔ آتا بھی کیسے کہ وہ تو اس کے گم شدہ ماضی کا بہت معمولی سا واقعہ تھی جب پورا ایک زمانہ مسترد ہو جائے تو اس کی ایک ساعت، کوئی ایک آن بھلا کس گنتی میں ہو گی۔ ہاں تو اور کیا، لالی کی حیثیت اس کی زندگی میں ایک آن سے زیادہ تھی ہی کب لیکن کبھی کبھی عجب معاملہ ہوتا ہے، ٹھہری ہوئی کوئی ایک ساعت پوری زندگی کا حساب لے بیٹھتی ہے۔ خاندانی زمینوں اور جائیداد کا معاملہ اسے برسوں بعد پھر اس شہر میں لے آیا تھا۔ اس نے آنکھیں کھولیں، کھڑکی سے باہر دیکھتے ہوئے اسے جہاز کی نیچی اڑان کا اندازہ ہوا۔ عسکری جھیل، فوجی بیرکیں، سڑکیں اور عمارتیں صاف دکھائی دے رہی تھیں۔ جہاز ایک دائرے کا سا چکر کھا کر اور نیچے آ گیا تھا۔ سامنے طویل اور سپاٹ رن وے چوڑے حاشیے کی طرح کھنچا ہوا تھا۔ ستمبر کی ملگجی شام جہاز سے

پہلے رن وے پر اتری ہوئی نظر آرہی تھی۔

ایگزٹ لاؤنج میں منصور اس کا منتظر تھا۔ منصور اس کا چچیرا بھائی تھا لیکن تایا، چچا اور پھوپھی زاد بھائی تو اور بھی تھے۔ منصور اس کا لنگوٹیا یار تھا۔ اسکول کی ابتدائی جماعتوں سے کالج تک دونوں ساتھ پڑھے اور ساتھ کھیلے کودے تھے۔ اس کے بعد طارق انجینئرنگ کی اعلیٰ تعلیم کے لیے امریکا چلا گیا۔ تعلیم کے مکمل ہوتے ہی اسے وہیں ملازمت مل گئی۔ طارق کے والد سرکاری ملازم تھے، اس عرصے میں ان کا تبادلہ ملتان سے راولپنڈی ہو گیا اور ان کا کنبہ وہیں منتقل ہو گیا۔ امریکا میں ملازمت کے بعد طارق چار پانچ سال کے وقفے سے پاکستان کا چکر لگاتا رہا تھا لیکن بس ملتان آنا ہی نہیں ہوا۔ تیئس چوبیس سال کے وقفے میں وہ ملتان اب دوسری بار آیا تھا۔ گاڑی میں سامان رکھواتے ہوئے اس نے ایک نظر ایئرپورٹ پر ڈالی۔ وہی پرانی اور چھوٹی سی عمارت سامنے تھی، ایگزٹ کا وہی اکہرا راستہ پھر چھوٹی راہداری کے بعد وہی اینٹوں کا پُرانا فرش جو اب خاصا ناہموار ہو چکا تھا۔ گیٹ کے ساتھ اب بھی وہی درخت ایستادہ تھے۔ وہی مانوس پرانا پن۔ لیکن یہ احساس بہت دیر تک برقرار نہیں رہا۔ جلد ہی تبدیلی اور نئے پن کے نقوش واضح ہوتے چلے گئے۔

اب وہ ایک ملے جلے احساس سے دوچار تھا۔ کچھ حیرت تھی اور کچھ اجنبیت۔ ایک خوش گوار سا احساس تھا تبدیلی کا اور ساتھ ہی کچھ ناگواری سی بھی تھی جیسے کچھ کھو گیا، گم ہو گیا ہو۔ لیکن یہ سب کچھ ایک دم تھوڑے ہی ہوا تھا، دھیرے دھیرے پیدا ہوئی تھی یہ کیفیت۔

"بڑے سالوں بعد چکر لگا ہے تیرا؟" منصور نے سامان گاڑی میں رکھتے ہوئے کہا۔

"ہاں یار باہر کا لائف اسٹائل ہی ایسا ہوتا ہے کہ آدمی پھنسا رہتا ہے۔" طارق نے جواب دیا۔

"بال تو بڑے چٹے کر لیے ہیں۔ بڈھا ہونا شروع کر دیا ہے تو نے تو۔" منصور نے اس کے کاندھے پر دھپ لگاتے ہوئے گاڑی کا دروازہ کھولا۔ "کلر کیوں نہیں لگاتا؟"

"یار پہلے ہی اتنے مسائل ہوتے ہیں صبح سے شام تک، ان میں ایک اور بڑھالوں۔"

"پر بندے کو رہنا تو فٹ چاہیے۔ وہاں کیا تیری لڑکیوں سے دوستیاں نہیں ہیں؟"

"دوستی تو ہے لڑکیوں سے مگر وہاں بالوں کا رنگ کوئی مسئلہ نہیں ہے۔" طارق نے شانے اچکائے۔

گاڑی ایئرپورٹ سے نکل کر امپیریل سینما کے سامنے سے ٹھنڈی سڑک کی طرف ہولی۔ ہاں اس کے حافظے میں تو اس کا نام ٹھنڈی سڑک ہی تھا اور اس وقت وہ تھی بھی ٹھنڈی سڑک۔ یہ جو پلازا اور کئی کئی منزلہ عمارتیں اب اس سڑک پر نظر آرہی تھیں، یہ سب تو پچھلی دو دہائیوں کی ترقی ہے ورنہ اس سے پہلے تو یہاں دورویہ درختوں کی قطاریں تھیں اور ان کے پیچھے فوجی بیرکیں، کھلے میدان اور مختصر آبادی کے چھوٹے چھوٹے نشان تھے۔ لیکن اب تو اس علاقے کی صورت ہی بدل گئی تھی۔ وہ پرانا نقشہ تو شاید اب اس کی طرح صرف انھی لوگوں کے ذہنوں میں محفوظ رہ گیا ہوگا جو ان ساری تبدیلیوں سے پہلے شہر ملتان کو چھوڑ کر کہیں اور جا بسے ہوں گے۔

چھوڑی گئی زمینیں اور بھلائی گئی عورتیں ہمیشہ کے لیے مرد کے حافظے میں اپنی جگہ بنا لیتی ہیں۔ یہ راز اس پر کھلا تھا، لیکن ذرا بعد میں۔ اس وقت تو صرف یہ بدلا ہوا شہر اپنی وسعتوں اور دلکشیوں کے ساتھ اس پر منکشف ہو رہا تھا اور مزید ہونا چاہتا تھا، ایک نازنین کی طرح جو اپنے محبوب کے روبہ رو ہو۔

"نو گیارہ کے بعد وہاں مسلمانوں کے ساتھ کیا صورت حال رہی؟" منصور نے پوچھا۔

"جہاں میں رہتا ہوں یعنی کینیڈا میں، وہاں تو ایسا کوئی بڑا مسئلہ نہیں ہوا لیکن امریکا میں ٹف ٹائم تھا مسلمانوں کے لیے، لیکن اب ایسی بات نہیں ہے۔ اب ٹھیک ہے۔ میں اکثر جاتا رہتا ہوں۔"

"ویزے میں تو اب بڑی مشکل ہو گئی ہے یہاں۔" شمی خالہ کے بیٹے عدنان نے چار پانچ مہینے پہلے ویزے کے لیے اپلائی کیا تھا، اسلام آباد میں اس کا انٹرویو بھی ہوا تھا ایک ڈیڑھ مہینے پہلے لیکن ویزا اب تک نہیں ملا۔ بڑی ٹینشن دیتے ہیں اب وہ ہمارے بندوں کو۔ منصور نے شکایت کی۔

"نہیں۔ نائن الیون کے بعد سے ویسے ہی ان کی ویزا پالیسی سخت ہوئی ہے۔ اب زیادہ اسکریننگ ہوتی ہے اس لیے اور پھر پاکستان میں القاعدہ کی روٹس کی وجہ سے بھی کچھ زیادہ سختی ہو سکتی ہے۔" طارق نے اسے سمجھانے کی کوشش کی۔

"حالاں کہ عدنان کی دو بہنیں ہیں امریکا میں مگر پھر بھی۔" منصور نے کہا۔

"تو پھر مل ہی جائے گا اسے ویزا اگر اس کے کیس میں کوئی پرابلم نہیں ہے تو۔"

وہ چھاؤنی کے علاقے سے نکل رہے تھے۔ طارق نے محسوس کیا اس علاقے کی ساری سڑکیں زیادہ کشادہ ہو گئی تھیں۔ چھاؤنی کے علاقے میں تبدیلی اور ترقی کے زیادہ اثرات جنرل ضیاء الحق کے دور میں نظر آنا شروع ہوئے تھے لیکن اب تو اس علاقے کی چھب ہی کچھ اور تھی۔ پہلے یہاں کے راستے، عمارتیں، سڑک کے دو رویہ لگے لیمپ پوسٹ اور راستوں پر آتے جاتے فوجی کٹ کسرتی بدن سائیکل سوار اور پیادہ پا سفر کرتے لوگ غرض پورا منظر نامہ جفاکش، سادہ اور سخت کوش زندگی کا تاثر دیتا تھا، لیکن اب یہ علاقہ اشرافیہ کی پرآسائش طرز رہائش کا نمونہ تھا۔ ان کی گاڑی اس وقت ایس پی چوک پر تھی جب اطراف کی متمول آبادی اور نئی عمارتوں کو دیکھتے ہوئے طارق نے سوچا،

آسائشیں آدمی ہی کا نہیں علاقوں کا بھی حلیہ بدل کر رکھ دیتی ہیں۔ گاڑی ایس پی چوک سے ریڈیو پاکستان والی سڑک پر مڑی۔ رنگوں اور روشنیوں کا ایک ٹکڑا سامنے تھا۔ یہ سڑک تو بالکل ہی بدل گئی تھی۔ بس ایک ریڈیو اسٹیشن اور مشن اسپتال کی پرانی عمارتیں اگلے وقتوں کی نشانی کے طور پر اپنی جگہ تھیں، ان سے پہلے اور بعد کا سارا نقشہ ہی نیا تھا۔ پہلے ادھر گراس منڈی کی طرف صرف چوک کے پاس کچھ دکانیں ہوا کرتی تھیں باقی ایس پی چوک تک یہ سارا رہائشی علاقہ تھا لیکن اب تو اس پوری سڑک پر دکانیں، شاپنگ سینٹر اور پلازا نظر آ رہے تھے۔ ایئرپورٹ سے یہاں تک آتے آتے وہ سوچنے لگا، اس عرصے میں ملتان شہر کی آبادی زیادہ بڑھی ہے یا پھر یہاں کے کاروباری مراکز میں زیادہ اضافہ ہوا ہے؟ اسے باہر کی دنیا میں کھویا ہوا دیکھ کر منصور نے پوچھا "تو ویسے آیا کتنے سال کے بعد ہے طارق؟"

"میرا خیال ہے، پندرہ سولہ سال بعد آیا ہوں لیکن پندرہ سولہ سال پہلے بھی بس دو ڈھائی دن کے لیے آیا تھا، فوقیہ آپا کی بیٹی کی شادی میں۔ وہ وقت تو سارا شادی کے ہنگاموں میں گزرا تھا۔ شہر میں نکلنے کا موقع ہی نہیں ملا۔ سمجھ لے اب دیکھ رہا ہوں کوئی تیئس چوبیس سال بعد شہر کو۔"

"پھر تو بہت بدلا ہوا لگ رہا ہو گا تجھے۔" منصور نے کہا۔

"ظاہر ہے وقت کے ساتھ تبدیلی تو آتی ہے۔" اس نے جواب دیا، "اور ملتان ہی نہیں میں تو اس بار جہاں بھی گیا ہوں، بڑی تبدیلی محسوس ہوئی مجھے۔ اسلام آباد اور کراچی جیسے میرے ذہن میں تھے، ویسے نہیں لگے، بگ چینج ہے ہر جگہ۔"

"یار طارق! تیرے امریکا، کینیڈا کا تو پتا نہیں مجھے، میں تو وہاں کبھی گیا نہیں لیکن ہمارے ہاں پچھلے پندرہ سترہ برسوں میں بہت کچھ بدلا ہے۔ بڑی تیز رفتار تبدیلی آئی ہے،

جیسے طوفان آتا ہے، درختوں کی جڑیں اکھاڑنے اور مکانوں کی چھتیں اڑانے والا طوفان جس کے بعد سارا نقشہ ہی بدل جاتا ہے۔ "پیچھے آتی گاڑی کا مسلسل ہارن سن کر منصور نے بولتے ہوئے گھڑی بھر کو عقبی آئینے میں نگاہ ڈالی اور گاڑی کو جگہ دی۔
برابر سے ایک کار زن سے گزری جس میں سے موسیقی کے تیز اور دھمکتے سروں کا ایک ریلا ان کی طرف بڑھا۔ "دیکھ یہ ہے تبدیلی۔ کیا پندرہ بیس سال پہلے اس شہر کی سڑکوں پر ایسے چھچھورے لڑکوں کا تصور کیا جا سکتا تھا؟" منصور نے خود ہی نفی میں سر ہلایا پھر بولا، "اب یہ بازاروں میں، سڑکوں پر، پارکوں میں ہر جگہ نظر آتے ہیں اور کوئی روکنے، پوچھنے والا نہیں ہے انھیں۔ اور میں تجھے بتاؤں، اچھے خاندانوں کے ہوں گے یہ لڑکے، ایسے گئے گزرے نہیں ہوں گے۔"

طارق نے کچھ کہے بنا منصور کی طرف دیکھا جیسے آنک رہا ہو کہ وہ کس رو میں بول رہا ہے۔ دو موٹر سائیکل سوار نوجوان ریس لگاتے زگ زیگ انداز میں گاڑی کے پاس سے نکلے۔ منصور نے اچانک بریک لگائی، ان میں سے ایک اس کی گاڑی سے ٹکرانے سے بال بال بچا۔ منصور نے گیئر بدلتے ہوئے پل بھر کے لیے موٹر سائیکل سوار کو دیکھا۔ وہ مسکرایا اور اسپیڈ بڑھا کر آگے نکل گیا۔ منصور بڑبڑایا، "تو یہ ہو رہا ہے بس اب یہاں۔"

منصور روزانہ شام کو جلدی گھر آ جاتا اور پھر طارق کو شہر گھمانے نکلتا۔ اس دن وہ منصور کے ساتھ قلعے کی سیر پر گیا تھا۔ لوہاری گیٹ کی طرف سے جاتے ہوئے قلعے کے دروازے پر اسے کبوتروں کی ٹکڑیاں باجرہ چگتی نظر آئیں۔ دھیمی لے میں غٹر غوں غٹر غوں کی آوازیں نکالتے اور رسان سے اپنا پیٹ بھرتے یہ کبوتر اس کے دیرینہ ماضی کی یادوں کا انمٹ حصہ تھے۔ جب وہ چھوٹا تھا تو ابا کے ساتھ اکثر قلعے پر آیا کرتا تھا۔ ہفتے دو ہفتے بعد جمعے کے دن ابا پھوپھی سے ملنے کے لیے لوہاری گیٹ النگ پر آتے تھے۔ وہاں

سے واپسی پر وہ اسے قلعے پر لے آتے۔ جب بھی آتے قلعے کے دروازے پر بنے چبوتروں پر اترتے کبوتروں کو باجرہ ضرور ڈالتے۔ پھر اسے دمدمے کی سیر کراتے۔ حضرت بہاء الدین زکریاؒ کے مزار کی مسجد میں نماز پڑھتے ہوئے گھر واپس ہوتے۔ ابا اب اس دنیا میں نہیں تھے، لیکن قلعے کے دروازے کے چبوتروں پر اب بھی اسی طرح کبوتر اترتے اور باجرہ چگتے تھے۔ چڑھائی چڑھتے ہوئے طارق نے منصور کو روکا، گاڑی سے اتر کر چبوترے کے پاس بیٹھے ہوئے شخص سے باجرہ خرید کر کبوتروں کو ڈالا اور لوٹ آیا۔

جب وہ دمدمے پر پہنچے تو شام ڈھل چکی تھی۔ جھٹپٹے کے سمے میں اس نے دور دور تک پھیلے شہر پر نظر ڈالی۔ ایک دن اس نے اسی دمدمے پر کھڑے ہوئے ابا سے پوچھا تھا،

"ابا! اس جگہ کو دمدمہ کیوں کہتے ہیں؟"

بیٹے! دمدمہ قلعے پر بنی ہوئی اس اونچی جگہ کو کہتے ہیں جہاں سے سارے شہر کا نظارہ کیا جا سکتا ہے۔ یہ قلعے کی بہت اہم جگہ ہوتی ہے۔ جب قلعے بنائے جاتے تھے تو ان میں دمدمے بھی ہوتے تھے۔ یہاں سے بادشاہ اور اس کے سپاہی شہر کا اور شہر سے باہر کا علاقہ دیکھتے تھے۔"

"ابا! یہ قلعے کیوں بنائے جاتے تھے۔"

بیٹے! پہلے جب بادشاہ ملکوں پر حکومت کرتے تھے تو ایک علاقے کا بادشاہ کبھی کبھی دوسرے علاقے پر اپنی فوج لے کر چڑھائی کر دیتا تھا تاکہ وہ علاقہ اور اس کا مال و دولت اور زمین سب چیزیں اس کے قبضے میں آ جائیں۔ قلعے اس لیے بنوائے جاتے تھے تاکہ بادشاہ ضرورت کے وقت اپنی رعایا اور سپاہیوں کے ساتھ قلعہ بند ہو کر حملہ آور بادشاہ کا مقابلہ کر سکے۔ قلعہ چوں کہ بلندی پر بنایا جاتا تھا اور اس کی اونچی اونچی فصیلیں ہوتی تھیں اس لیے حملہ آور آسانی سے اس میں داخل نہیں ہو سکتے تھے۔"

طارق کو ایک لمحے کے لیے لگا کہ وہ آج بھیابا کے ساتھ قلعے پر ہے۔ اس نے دائیں بائیں دیکھا۔ ابا نہیں تھے، کہیں نہیں تھے۔ اب دمدمہ بھی ویسا نہیں رہا تھا۔ دیواروں کی رنگت بدل چکی تھی اور وہ خستگی کا شکار تھیں۔ پہلے دمدمہ کتنا بڑا اور کھلا لگتا تھا لیکن اب چھوٹا لگ رہا تھا۔ اس نے مشرق، مغرب، شمال، جنوب باری باری سب طرف نگاہ دوڑائی۔ شہر بہت پھیل گیا تھا۔ کیا اب دمدمے سے پورے شہر کا نظارہ کیا جا سکتا ہے؟ اس نے خود سے پوچھا۔ نہیں اب ایسا ممکن نہیں۔ علاقوں کے بادشاہ بھی بدل گئے اور ان کی لڑائیوں کے انداز بھی، اس لیے قلعے اور دمدمے سب بیکار ہو گئے، اس نے سوچا۔

دمدمے پر ٹہلتے ہوئے ماضی کی وہ فراموش شدہ ساعت جس کا نام لالی تھا، اسے پھر یاد آ گئی۔ اور اب جو یاد آئی تو یہ ایک ساعت منظر در منظر پھیلتی چلی گئی۔ پورا ایک جیتا جاگتا زمانہ اس کی آنکھوں کے سامنے تھا۔ اس نے سوچا، کیا لالی واقعی اس کی زندگی کی محض ایک ساعت تھی؟ ہاں اس سے زیادہ اس کی اوقات ہو بھی کیا سکتی تھی؟ وہ لڑکی جس کا باپ اس کے بچپن میں ہی مر گیا ہو اور جس کی ماں کو سسرال والوں نے قبول کرنے سے انکار کر دیا ہو، وہ اپنے کسی عم زاد کے جیون میں ایک آن سے زیادہ کیا جگہ پا سکتی ہے؟ شرفا کے خاندانوں میں حسب نسب ہی کو سب سے بڑی چیز سمجھا جاتا ہے اور کیوں نہ سمجھا جائے، اسی سے تو ان کی نجابت کا طرہ قائم ہوتا ہے۔ اب طارق کو گزرے زمانے یاد آ رہے تھے۔ مجو چاچا خاندان میں سب سے چھوٹے تھے۔ ماں باپ، بہن بھائیوں ہی کے نہیں ان کی اولادوں کے بھی سب سے لاڈلے چچا۔ برطانیہ جا کر بیرسٹری پڑھ کر آئے اور انقلابی بن گئے۔ انھیں رشتوں کی کیا کمی تھی؟ جس طرف اشارہ کرتے، ہاں ہو جاتی۔ لیکن ان کی انقلابی انسان دوستی انھیں خاندان سے باہر لے گئی۔ اپنے دفتر کے قریب پرائمری اسکول میں پڑھانے والی لڑکی کو پسند کر لیا۔ خاندان بھر نے مخالفت

کی مگر وہ اپنی بات پر اڑے رہے۔ دادا جان نے عاق کرنے کی دھمکی دی، انھوں نے اس کی پروا نہیں کی اور شادی رچالی اور سارے کنبے کے لیے اچھوت ہو گئے۔ وہ بھی کب کسی کو خاطر میں لاتے تھے۔ سب سے الگ تھلگ اپنے کام میں مگن ہو گئے، وکالت چل نکلی تھی، چار سال میں مجو چاچا کے ہاں دو بیٹیاں ہوئیں۔ یہاں تک تو سب ٹھیک تھا، جو کچھ ہوا ان کی اپنی مرضی سے ہوا لیکن اس سے آگے وقت کے گھوڑے کی باگیں تقدیر کے نادیدہ ہاتھ نے تھام لیں۔ چھوٹی بیٹی ابھی سال بھر کی بھی نہیں ہوئی تھی کہ مجو چاچا کا اپنے دفتر کے عین سامنے ایکسیڈنٹ ہوا اور وہ اسپتال پہنچنے سے پہلے راستے ہی میں دم توڑ گئے۔ مجوّ چاچا کی ناگہانی موت بھی ان کی بیوی اور بیٹی کو خاندان میں جگہ نہ دلوا سکی۔ وہ اچھوت تھیں اور اچھوت ہی رہیں۔ چھوٹی چچی نے مجو چاچا کی غیرت کو نبھایا اور خاندان سے کبھی اپنا حق نہیں مانگا۔ جیسے بھی بن پڑا گزر بسر کرتی رہیں لیکن برسوں بعد ایک دن وہ دونوں بیٹیوں کو لے کر دادا جان کے پاس چلی آئیں۔

"دونوں بچیاں سیانی ہو گئی ہیں۔ یہ آپ کے بیٹے کی اولاد ہیں، آپ کے خاندان کی عزت ہیں۔ آپ ان کے سر پر ہاتھ رکھ کر ان کے ہاتھ پیلے کر دیں۔" انھوں نے دادا جان سے کہا۔

دادا جان خاموش رہے۔

"میں آپ کے حکم کی منتظر ہوں۔" چھوٹی چچی نے تھوڑی دیر بعد کہا۔

اب کی بار دادا جان بولے لیکن بہ راہ راست چھوٹی چچی سے نہیں بلکہ طارق کی والدہ سے جو دادا جان کے پاس انھیں لے کر گئی تھیں، "ہم سوچ کر بتائیں گے۔"

اس کے دو دن بعد انھوں نے طارق کے والد کہ وہ ان کے سب سے بڑے بیٹے تھے، کے ہاتھ دو لاکھ روپے چھوٹی چچی کو بھجوائے کہ بچیوں کی شادی کے لیے رکھ لیں اور

ساتھ ہی یہ پیغام بھی کہ وہ خاندانی شرافت میں پیوند لگانے کے لیے تیار نہیں ہیں۔

چھوٹی چچی نے صبر وسکون سے ان کا پیغام سنا اور روپے یہ کہہ کر لوٹا دیے کہ وہ بچیوں کو ان کے پاس سایۂ شفقت کے لیے لائی تھیں، روپوں کے لیے نہیں۔

یہ سب طارق کے شعور کے زمانے میں ہوا تھا۔ انھی دنوں وہ اور منصور چھپ کر چھوٹی چچی کے گھر جانے لگے تھے۔ چھوٹی چچی نے کبھی خود انھیں آنے کے لیے نہیں کہا لیکن اگر وہ ملنے پہنچ گئے تو انھوں نے کبھی دروازے سے واپس لوٹایا بھی نہیں۔ یوں آنا جانا ان کا معمول بن گیا اور پھر جب اسے انجینئرنگ کالج میں داخلہ مل گیا تو ایک دن اس نے اماں سے کہا، "اماں میری شادی لالی سے کر دیں۔"

"یہ لالی کون ہے؟" اماں نے مسکرا کر پوچھا۔

"مجو چچا کی بڑی بیٹی فرخندہ، چھوٹی چچی اسے پیار سے لالی کہتی ہیں۔"

اماں کے سویٹر بنتے ہاتھ یک لخت رک گئے۔ ان کی آنکھوں میں حیرانی تھی اور چہرے پر پریشانی۔ وہ کچھ دیر گومگو کی کیفیت میں رہیں پھر نرمی سے بولیں، "اچھا، میں تمھارے ابا سے بات کروں گی لیکن پہلے تم تعلیم پوری کر کے اپنے پاؤں پر تو کھڑے ہو جاؤ۔"

"میں فوراً شادی کا تھوڑی کہہ رہا ہوں، آپ ابھی سگائی کر دیں، شادی بعد میں ہو جائے گی۔"

پھر ایک دن اماں نے بتایا، "تمھارے ابا اس شادی پر راضی نہیں ہیں۔"

"کیوں نہیں ہیں؟ خیر، شادی تو میں لالی سے ہی کروں گا چاہے۔۔۔"

"اے بیٹے! منہ سے الٹی سیدھی نہیں نکالا کرتے۔" اماں نے اس کی بات پوری سنے بنا ٹوکا پھر بولیں، "تم ابھی ان بکھیڑوں میں مت پڑو، آرام سے اپنی تعلیم مکمل کرو، اللہ

چاہے گا تو اپنے وقت پر سارے کام ہو جائیں گے۔"

اس کے بعد اسے پتا بھی نہیں چلا کب اور کس طرح دو مہینے کے اندر کیلی فورنیا کے ایک کالج میں اس کا داخلہ ہو گیا۔ اس نے جانے سے انکار کیا تو سارا خاندان سمجھانے بیٹھ گیا۔ امریکا میں اسے اکیلا تھوڑے رہنا تھا۔ وہاں اس کی دو پھوپھیاں اور ایک چچا پہلے سے آباد تھے۔ آخر اسے امریکا جانے پر تیار کر ہی لیا گیا۔ ان دنوں میں وہ روزانہ چھوٹی چچی کے گھر جاتا تھا۔ چچی اور لالی کو اس نے سب کچھ خود بتا دیا تھا۔ جس شام اسے جانا تھا وہ صبح ناشتے کے بعد چھوٹی چچی کے گھر گیا۔ سب جانتے تھے، وہ شام کو امریکا جا رہا ہے۔ اس نے بازو تھام کر لالی سے کہا، "میں جیسے جا رہا ہوں ایسے ہی واپس آؤں گا۔ بس یہ چند سال ہیں درمیان میں، تم میرا انتظار کرنا۔"

لالی نے سر اٹھا کر اس کی طرف دیکھا۔ اس کی آنکھیں سوجی ہوئی تھیں، صاف پتا چل رہا تھا، وہ دیر تک روتی رہی تھی۔ اس نے بالوں میں تیل چپڑ کر کس کر چوٹی باندھی ہوئی تھی جس کی وجہ سے اس کا چہرہ بھی بالکل ستا لگ رہا تھا۔ وہ دھیرے سے مسکرائی اور بولی، "جب کی تب دیکھیں گے، پر ابھی مجھے تم سے ایک ضروری بات کہنی ہے اور تمھیں قسم ہے، تم مانو گے ضرور، اسے ٹالو گے نہیں۔" دھیرے سے بازو چھڑایا اور بولی، "بیٹھو، بتاتی ہوں۔"

"ہاں بتاؤ۔" وہ اس کے پاس ہی چارپائی پر بیٹھ گیا۔

"تم امریکا جا کر صرف۔۔۔" وہ رکی پھر گلا صاف کرتے ہوئے بولی، "صرف اور صرف پڑھائی میں دھیان لگاؤ گے، باقی کچھ نہیں سوچو گے۔ کسی الجھن کو دماغ میں نہیں لاؤ گے، کسی کو مس نہیں کرو گے، مجھے بھی نہیں۔ جو بھی قسمت میں ہے وہ ہو جائے گا۔ تم اتنی دور جا رہے ہو ماں باپ سے، سب لوگوں سے تو پھر اب کامیاب آدمی بن کر لوٹنا۔

ٹھیک ہے، تم نے پکا وعدہ کیا ہے نا ماننے کا۔" نہ اس کی آواز بھرائی نہ آنکھوں میں آنسو آئے اور نہ یہ سب کچھ کہتے ہوئے اسے کوئی دقّت ہوئی۔ سب کچھ اس نے بہت آرام سے کہا جیسے کہنے سے پہلے اس نے اچھی طرح ریہرسل کر لی ہو۔ چلتے ہوئے، چھوٹی چچی نے بھی آرام سے سر پہ ہاتھ پھیرا اور کامیابی کی دعائیں دیں۔ وہ گیا اور پھر کبھی لوٹ کر نہیں آسکا۔ بہت ساری وجوہات پیدا ہوتی رہیں۔ وہیں امریکا میں پھوپھی زاد سے شادی بھی ہو گئی۔ برسوں بعد پھر فوقیہ آپا کی بیٹی کی شادی میں وہ دو ڈھائی دن کے لیے آیا تھا۔ اماں، ابا سب لوگ ساتھ ہی تھے۔ دو ڈھائی دن گزرے پتا بھی نہیں چلا۔ اسے ایک آدھ بار خیال بھی آیا کہ چھوٹی چچی کے گھر جائے، لیکن موقع ہی نہیں ملا۔ اور اب تیئس چوبیس سال گزر چکے تھے۔ اس کی نظریں خلاؤں میں کہیں جمی ہوئی تھیں۔ اندھیرا پھیلتا چلا گیا تھا۔

منصور نے آکر اس کا کاندھا تھپتھپایا، "کیا چلنا نہیں ہے واپس؟"

"ہاں چلو میں بھی یہی کہہ رہا تھا۔" اس نے قدرے چونکتے ہوئے جواب دیا۔

واپسی پر اس کا جی چاہا کہ وہ منصور سے چھوٹی چچی اور لالی کے بارے میں پوچھے لیکن پھر خیال آیا، اب وہ اس سے کیا پوچھے اور کیسے پوچھے۔

"اب کہاں چلنا ہے؟" قلعے کی ڈھلان سے اترتے ہوئے منصور نے پوچھا۔

"اب۔۔۔" وہ کچھ کہتے کہتے رکا، ذرا سوچ کر بولا، "تو بتا اب اور کیا کیا رہ گیا ہے شہر میں دیکھنے کو؟"

"بھئی جتنے دوست اس شہر میں رہ گئے ہیں ان سب سے میں تجھے ملا چکا ہوں۔ عزیز رشتے داروں سے تو ابا کے ساتھ جا جا کر مل چکا ہے۔ اچھا چل اب تجھے کمپنی باغ لے چلتا ہوں، وہ رہ گیا ہے بس۔"

"ہاں چلو۔" طارق نے اثبات میں سر ہلایا، پھر ذرا ٹھہر کر بولا، "یار منصور! وہ چھوٹی

چچی کہاں رہتی ہیں؟، ان لوگوں کا کچھ اتا پتا ہے؟"

"اچھا، بڑی جلدی خیال آ گیا تجھے۔" منصور نے ذرا شوخی سے کہا، "میں تو سمجھ رہا تھا کہ تو بالکل بھول چکا ہے ان لوگوں کو۔"

"نہیں بالکل تو نہیں بھولا۔۔۔ مگر اتنے پرانے قصے۔۔۔" طارق نے سنجیدہ رہنے کی کوشش کی، "کیسے ہیں وہ سب لوگ؟"

"ٹھیک ہیں، بس ایسے ہی ہیں۔"

"کیا مطلب؟"

"مطلب یہ کہ بس۔۔۔ خیر اب تو نے پوچھ ہی لیا تو چل اب وہیں لے چلتا ہوں تجھے۔" منصور نے جیسے اس کے دل کی بات جان لی۔

دو کمروں کے اس مکان میں وہ برسوں بعد آیا تھا یا شاید صدیوں بعد۔ صحن میں سو واٹ کا بلب روشن تھا جس کی روشنی ناکافی تھی۔ نیم تاریک برآمدے میں پہلے کمرے کی دیوار کے ساتھ ایک چارپائی بچھی ہوئی تھی۔ چارپائی کی طرف بڑھتے ہوئے منصور نے بلند آواز میں سلام کیا اور بولا "چھوٹی چچی کیسی ہیں آپ؟ دیکھیے تو آج کون ملنے آیا ہے آپ سے؟"

چارپائی پر پڑے ہیولے کو جنبش ہوئی۔ منصور نے آگے بڑھ کر سہارا دیا۔ چھوٹی چچی اٹھ بیٹھیں۔ طارق نے بھی سلام کیا۔ انھوں نے جواب دیتے ہوئے داہنا ہاتھ اس کے سر کی طرف بڑھایا۔ طارق نے سر آگے کیا۔ انھوں نے ہاتھ پھیرا اور دعائیں دیں۔ پھر سرھانے کے نیچے سے عینک ٹٹول کر نکالی اور بولیں، "لو اب دیکھوں کون آیا ہے؟" پھر جیسے ان کے چہرے پر رونق سی آ گئی۔ "اے بیٹا طارق! تم کب آئے؟"

"چند دن پہلے آیا ہوں چھوٹی چچی۔" طارق نے جواب دیا۔

"اچھا اچھا، ماشاءاللہ، ابھی تو رکو گے۔"

"جی چھوٹی چچی، ابھی چند دن ہوں یہاں پھر واپس اسلام آباد جاؤں گا اماں کے پاس۔"

"اچھا، اچھا۔ اماں کیسی ہیں تمھاری؟ بیٹا تمھارے ابا کی وفات کی خبر ملی تھی، بہت افسوس ہوا۔ بہت اچانک چلے گئے بڑے بھائی۔ پاک پروردگار انھیں جنت نصیب کرے، بہت اچھے آدمی تھے۔ بیٹے! اب اماں کا بہت خیال رکھنا۔ تمھاری محبتوں پر ہی جییں گی اب وہ۔" چھوٹی چچی کا وہی مانوس لہجہ تھا۔

"جی چھوٹی چچی! آپ دعا کیا کریں ان کے لیے۔ ابا کے بعد سے وہ سنبھلی نہیں ہیں۔"

"ہاں بیٹے یہ صدمہ ہی ایسا ہوتا ہے، اللہ پاک انھیں صبر دے اور اولاد کے سر پر سلامت رکھے۔"

"جی چھوٹی چچی! آمین۔" طارق کے جی میں آئی کہ ان سے لالی کے بارے میں پوچھے لیکن اس سے پہلے کہ بات اس کی زبان پر آتی، چھوٹی چچی نے خود ہی پکارا۔ "لالی! او لالی! بیٹی مہمان آئے ہیں گھر میں۔" طارق کے دل کو جیسے کسی نے مٹھی میں دبالیا۔

چھوٹی چچی کی بات پوری ہونے سے پہلے ہی ایک پرچھائیں کمرے کے دروازے پر نمودار ہوئی، گھڑی بھر کو رکی پھر سر پر ڈوپٹہ درست کرتے ہوئے سامنے آگئی۔ "ارے طارق تم! کب آئے بھئی؟ اطلاع ہی نہیں دی آنے کی۔"

طارق کے وجود پر جیسے کوئی طوفانی تھپیڑا آکر پڑا۔ یہ کون تھا اس کے روبہ رو؟ چھوٹی چچی نے تو لالی کو آواز دی تھی، لیکن چھوٹی چچی کی پائنتی کی طرف کوئی اور آکر بیٹھ گیا تھا۔ آنے والی کی آواز تو بے شک لالی جیسی تھی، لیکن چہرہ بشرہ، رنگ روپ، جسامت

قامت اور تو کچھ بھی ویسا نہ تھا۔ لالی تو سرخ و سفید رنگت اور نکلتے قد کی لڑکی تھی۔ اس کے سرخ و سفید رنگ کی وجہ سے ہی تو چھوٹی چچی اسے لالی کہنے لگی تھیں، لیکن اس وقت جو عورت اس کے سامنے آئی وہ تو سیاہی مائل زرد رو، سوکھی چمرخ اور آگے کو جھکے شانوں والی خاصی ادھیڑ عمر نظر آرہی تھی۔ نہیں، یہ لالی کیسے ہو سکتی ہے؟ طارق نے الجھتے ہوئے سوچا، یہ تو چھوٹی چچی کی کوئی ہم عمر بہن لگ رہی تھی۔

"ارے ایسے کیا چپ چاپ بیٹھے ہو اجنبیوں کی طرح۔ کچھ بولو، بات کرو، حال بتاؤ۔" لالی اس سے مخاطب تھی۔

"ہاں ہاں۔۔۔ ہوں، سب ٹھیک ہیں۔" طارق کی کچھ سمجھ ہی میں نہیں آرہا تھا کہ وہ اس اجنبی عورت سے کیا بات کرے۔

"بیٹی! پہلے کچھ چائے پانی کا تو پوچھ لو۔" چھوٹی چچی بیچ میں بولیں۔

"امی ٹھیک کہہ رہی ہیں، باتیں تو ہوتی رہیں گی، پہلے یہ بتاؤ چائے بناؤں یا ٹھنڈا پیو گے۔" لالی نے پوچھا۔

طارق کو اچانک شدید اجنبیت کا احساس ہوا۔ وہ آس پاس لوگوں سے، ماحول سے اور باتوں سے خود کو ہم آہنگ نہیں کر پا رہا تھا۔

"ہیں بیٹا ٹھنڈا منگالو۔" چھوٹی چچی بولیں۔ "پھر چائے پینی ہو گی تو بعد میں بنالینا۔"

"نہیں چھوٹی چچی! ابھی کچھ نہیں۔ ابھی تو منصور مجھے ایک اور جگہ لے جا رہا تھا۔ میں پھر آؤں گا، چائے بھی پیوں گا۔ کوئی تکلف نہیں، گھر والی بات ہے۔" طارق اٹھ کھڑا ہوا۔

"ارے یہ کیا، اتنے دن بعد آئے ہو اور چائے کی پیالی تک نہیں پی رہے۔" لالی اٹھتے ہوئے بولی۔

"نہیں، میں پھر آؤں گا پھر پلانا۔" وہ چھوٹی چچی کی طرف مڑا، "اچھا چچی! چلتا ہوں۔"

"اچھا بیٹے جیسے تمھاری مرضی، پر ایک آدھ بار آنا کچھ وقت نکال کے، جانے سے پہلے۔"

"جی چھوٹی چچی ضرور آؤں گا۔"

باہر نکلتے ہی منصور بڑبڑایا، "کیا وحشت سوار ہو گئی تھی تجھ پر، یہ کیا طریقہ ہے، ایسے جاتے ہیں کہیں ملنے کے لیے؟"

طارق چپ رہا۔

"ہیں، بولتا نہیں، کیا وحشت تھی؟" منصور گاڑی میں بیٹھتے ہوئے بولا۔

"ہاں وحشت ہی ہونے لگی تھی ایک دم مجھے، سخت وحشت۔" طارق لمحے بھر کو چپ ہوا پھر بولا، "تو مجھے یہاں نہ ہی لاتا تو اچھا ہوتا۔"

"تیرے کہنے پر لایا ہوں یہاں، خود سے نہیں لایا۔" منصور نے تنک کر کہا۔

تھوڑی دیر خاموشی رہی، پھر منصور بولا، "ویسے ہو کیا گیا تھا تجھے؟"

"پتا نہیں، مجھے خود سمجھ نہیں آیا۔ لگا suffocation ہو رہی ہے، سر چکرانے لگا، اس لیے اٹھ گیا۔"

منصور نے اس پر نگاہ ڈالی لیکن کچھ بولا نہیں۔

جائیداد کے کام نمٹ گئے تھے۔ پٹواری اور رجسٹرار کے دفتروں میں اور کورٹ میں اسے جو کاغذات جمع کرانے اور وہاں سے جو کاغذات حاصل کرنے تھے، وہ کر چکا تھا۔ اس کے ملتان آنے کا مقصد پورا ہو گیا، اب واپس چلنا چاہیے، اس نے سوچا۔ حالاں کہ چچا اور منصور اسے روک رہے تھے کہ جانے پھر کب آنا ہو گا، اب آئے ہو تو چند دن اور رک

جاؤ، لیکن اس کا جی اچانک اچاٹ ہو گیا تھا۔ سب کام نمٹ گئے، سب لوگوں سے ملاقات ہو گئی، اب اسے یہاں رک کر اور کیا کرنا ہے؟ آج شام اس نے منصور کے آنے کا بھی انتظار نہیں کیا، چچا سے کہہ کر وہ اکیلا ہی گھر سے نکل گیا۔ پہلے بہاولپور روڈ پر پی آئی اے کے ہیڈ آفس سے واپسی کی سیٹ کنفرم کرائی اور باہر آکر سڑک کے ساتھ لگے رکشوں کی قطار کی طرف بڑھا۔

"بھئی دیکھو جانا تو گجر کھڈا ہے، ٹینوں والی مسجد کے پاس لیکن چھاؤنی بازار کی طرف سے ہوتے ہوئے جانا ہے۔" اس نے ایک رکشا والے سے کہا۔

"ٹھیک ہے صاب بیٹھیے۔"

رکشا امپیریل سینما کے سامنے سے گزر رہا تھا جب اس نے ڈرائیور سے کہا کہ وہ چھاؤنی بازار کے اندر سے گزرنا چاہتا ہے۔ ڈرائیور نے آئینے میں اسے دیکھا اور بولا، "صاب اندر کے رستے پر رش ہووے گا۔۔۔ کھام کھا ٹیم برباد ہووے گا۔"

"کوئی بات نہیں، ہم تمھیں زیادہ پیسے دے دیں گے، دیکھو، ہم بہت برسوں بعد یہاں آئے ہیں، اس لیے شہر کو دیکھنا چاہتے ہیں۔"

ڈرائیور نے اثبات میں سر ہلایا اور بولا، "ٹھیک ہے صاب! میں آپ کو پورا شہر گھمائے دوں گا۔ آپ ارمان سے بیٹھیں۔"

طارق مسکرائے بغیر نہ رہ سکا۔ یہ لب و لہجہ اسے برسوں بعد سننے کو ملا تھا۔

رکشا چوک سے گھوم کر چھاؤنی بازار میں داخل ہوا تو طارق نے دیکھا کہ بازار پھیل کر کمپنی باغ کو جانے والی سڑک تک آ گیا تھا۔ جہاں پہلے انگریزوں کے زمانے کی پرانی طرز کی کوٹھیاں تھیں، وہاں اب شاپنگ سینٹرز دکھائی دے رہے تھے۔ ایک تبدیلی اور محسوس ہو رہی تھی، پہلے بازار میں چھوٹی دکانیں اور کھوکھے بھی تھے لیکن اب وہ سب

غائب تھے اور چھوٹی دکانوں کو شاید ملا کر بڑا بنا لیا گیا تھا۔ طارق کو تو پورا بازار ہی نیا محسوس ہو رہا تھا۔ بازار سے نکل کر ڈرائیور نے پوچھا، "صاب! اب کدھر سے نکالوں؟"

"بھئی شیر شاہ روڈ سے ڈیرہ اڈے کی طرف لے چلو۔"

اب رکشا جلیل آباد کالونی کے سامنے سے گزر رہا تھا۔ اس نے غور کیا، جہاں پہلے نانا ابا کا گھر تھا، اس کے برابر میں جو لکڑیوں کی ٹال تھی اور سامنے کی سڑک کو کاٹتا ہوا جو نالہ گزرتا تھا وہ سب ختم ہو چکا تھا۔ اس کی جگہ ایک کئی منزلہ عمارت کھڑی تھی۔ اس عمارت کے گراؤنڈ فلور پر بڑا سا کاروں کا شو روم تھا جس کے سامنے کی دیواریں شفاف شیشے کی تھیں۔ طارق کو یاد آیا کہ اس کے بچپن کے دنوں میں وہ گلی جس کے نکڑ پر یہ عمارت تھی، چڑیلوں کی گلی کہلاتی تھی۔ شام ڈھلے لوگ یہاں سے گزرتے ہوئے گھبراتے تھے۔ کئی عورتوں نے اس گلی میں پچھل پیریوں کو دیکھا تھا۔ اس سے ذرا سا آگے بڑی سی کوٹھی تھی جو چیل والی کوٹھی کہلاتی تھی۔ اس کوٹھی کی چھت کے بائیں رخ پر ایک مینار تھا جس پر ایک چیل اس طرح بنی ہوئی تھی جیسے بس اڑنے کو پر تول رہی ہے۔ اسی چیل کی وجہ سے اس کا نام چیل کوٹھی پڑ گیا تھا۔ وہ جب بھی نانا کے گھر آتا تو اس کوٹھی کا پھیرا ضرور لگاتا تھا۔ اسے یہ چیل دیکھ کر ایک عجیب نامعلوم سی خوشی کا احساس ہوتا تھا۔ اب اس کوٹھی میں بینک کا دفتر قائم تھا۔ طارق کی یادوں میں اب بھی وہ واقعہ محفوظ تھا جس کے بعد اس نے اس کوٹھی کو کبھی آباد نہیں دیکھا تھا۔ یہ ملک اللہ نواز صاحب کی کوٹھی تھی۔ ملک صاحب سفید بالوں والے نرم مزاج آدمی تھے۔ شام کو جب ان کی کوٹھی کے صدر دروازے کے سامنے دالان میں نوکر چھڑکاؤ کر کے کرسیاں اور مونڈھے لگاتے اور حقہ لا کر رکھتے تو ملک صاحب وہاں آ بیٹھتے۔ ان کے کئی دوست احباب بھی آ جاتے اور رات گئے تک یہ بیٹھک چلتی۔ ملک صاحب کا ایک ہی بیٹا تھا شوکت۔ یہ تگڑا، جوان اور خوب

صورت آدمی تھا۔ ایک دن اچانک محلّے میں یہ خبر پھیلی کہ شوکت کسی بڑے سرکاری افسر کی لڑکی کو لے کر فرار ہو گیا ہے۔ اس خبر کا بہت چرچا رہا۔ شوکت کو بہت تلاش کیا گیا لیکن اس کی کہیں کوئی خبر نہ ملی۔ بہت دن بعد پتا چلا کہ پولیس نے شوکت کو ڈھونڈ لیا ہے اور وہ چوکی چھلیک میں بند ہے۔ اس پر مقدمہ چلا اور سزا ہو گئی۔ ملک اللہ نواز صاحب نے بیٹے کو بری کرانے کے لیے پیسا پانی کی طرح بہایا، لیکن جس بڑے افسر کی بیٹی کو وہ بھگا کر لے گیا تھا وہ شاید زیادہ طاقت ور تھا۔ ملک اللہ نواز صاحب اپنے بیٹے کو سزا سے نہ بچا سکے۔ شوکت کو پہلے قلعے کے گراؤنڈ میں کوڑے مارے گئے اور پھر کئی سال کی قید ہو گئی۔ اس واقعے کے بعد چیل والی کوٹھی میں شام کی بیٹھک ختم ہو گئی اور اس کا صدر دروازہ ہمیشہ کے لیے بند ہو گیا۔ لوگوں نے اس دروازے کو کئی برس بعد اس وقت کھلا ہوا دیکھا تھا جب کوٹھی سے ملک اللہ نواز صاحب کا جنازہ اٹھا۔ ویسے تو اس کوٹھی کی سالانہ مرمت اور صفائی ستھرائی کا سلسلہ ملک صاحب کی زندگی میں ہی ختم ہو گیا تھا، لیکن ان کے بعد تو یہ جیسے بھوت بنگلہ بن گئی۔ اس کے مکین کہاں گئے، کسی کو کچھ پتا نہ تھا۔ برسوں بعد ایک بار یہ خبر بھی پھیلی کہ شوکت رہا ہو گیا ہے، لیکن وہ اس کوٹھی میں واپس نہیں آیا۔

ڈیرہ اڈے کے علاقے کو دیکھ کر بھی طارق کو حیرت ہوئی۔ نقشہ بہت بدل گیا تھا۔ جی ٹی ایس کا اڈا اجاڑ نظر آرہا تھا۔ اس سے آگے چوک پر پرائیویٹ ویگنوں اور کوچوں کے بہت سے نئے اڈے بن چکے تھے۔

"اب یہاں سے الٹے ہاتھ گجر کھڈا کی طرف موڑ لو۔" اس نے چوک کے پاس پہنچ کر رکشا والے سے کہا۔ چند ہی منٹ بعد وہ چھوٹی چچی کے دروازے پر تھا۔ دستک دی تو آٹھ نو سال کی بچی نے دروازہ کھول کر سلام کیا اور بولی، "آپ کو کس سے ملنا ہے؟"

"بیٹی! ہمیں چھوٹی چچی سے ملنا ہے۔" طارق نے کہا۔

بچی دروازے پر ایک طرف سمٹ کر بولی، "آیئے، اندر آجایئے۔"

برآمدے میں اسی جگہ کمرے کی دیوار کے ساتھ لگی چارپائی پر چھوٹی چچی آلتی پالتی مارے بیٹھی تھیں، ان کی گود میں ایک سینی دھری تھی جس میں رلی ملی دالیں تھیں جنھیں وہ صاف کر رہی تھی۔ وہ خندہ پیشانی سے پیش آئیں۔ چند لمحوں میں لالی بھی وہیں آگئی۔

آتے ہی بولی، "تم اچانک ہی جانے کے لیے اٹھ کھڑے ہوتے ہو، اس لیے پہلے ہی بتا دو ٹھنڈا پیو گے یا چائے۔" پھر خود ہی بولی، "اس دن امی کہہ رہی تھیں کہ پہلے ٹھنڈا منگالو، چائے بعد میں۔ ٹھنڈا ہی منگا لیتی ہوں۔" خود ہی اثبات میں سر ہلاتے ہوئے آواز لگائی، "نزّو! بیٹا یہاں آؤ۔"

وہی بچی جس نے دروازہ کھولا تھا، اس کے پاس آکھڑی ہوئی، "جی امی!"

"جاؤ ذرا بوتل تو لا دو۔"

"جی اچھا!" بچی جانے لگی۔

"ارے نہیں بھئی، یہ بوتل ووتل کا تکلف نہیں، میں صرف چائے پیوں گا۔" طارق نے بڑھ کر بچی کا ہاتھ پکڑ لیا۔

"بیٹا! تم نے سلام نہیں کیا، یہ انکل ہیں تمھارے۔" لالی نے بچی سے کہا۔

"میں انکل سے مل چکی ہوں۔ دروازہ میں نے ہی کھولا تھا۔" بچی نے جواب دیا۔

"ہاں ہاں بھئی یہ سلام کر چکی ہے، بہت اچھی بیٹی ہے۔" طارق نے اس کے سر پہ ہاتھ پھیرا۔

"اس کا نام نزہت ہے، منجھلی ہے یہ، تین بیٹیاں ہیں میری۔ بیٹا! بہنوں کو بلاؤ۔"

دو اور بچیوں نے آکر طارق کو سلام کیا۔ لالی نے بڑی بچی سے چائے بنانے کے لیے کہا۔ تھوڑی دیر میں مختلف عمروں کے چھ سات بچے سپارے اور نورانی قاعدے اٹھائے

ہوئے آ گئے۔ "لو امی کا مدرسہ کھلنے کا ٹائم ہو گیا۔ طارق تم اندر آ جاؤ کمرے میں۔" لالی نے ہنستے ہوئے کہا۔

"اے بیٹا! گھر میں تو کوئی کام کاج کرنے نہیں دیتی یہ مجھے۔ میں نے سوچا فارغ پڑے رہنے سے تو بہتر ہے کہ محلے پڑوس کے بچوں کو کلامِ پاک ہی پڑھا دیا کروں۔" چھوٹی چچی بولیں۔

"ہاں ہاں چھوٹی چچی بہت اچھی بات ہے۔ نیکی کا کام ہے اور پھر مصروفیت بھی رہتی ہے۔" وہ لالی کے ساتھ اندر کمرے میں آ بیٹھا۔

"دونوں بیٹے کیسے ہیں تمھارے؟ بڑا والا تو اب ساتویں جماعت میں ہے نا اور چھوٹا چوتھی میں۔" لالی نے پوچھا۔

طارق ایک لمحے کو چونکا، پھر بولا "ہاں۔ ٹھیک ہیں دونوں۔"

"دونوں ذہین ہوں گے۔ پڑھائی میں اچھے ہوں گے تمھاری طرح اور تمھاری بیوی بھی ٹھیک ہیں، ساتھ کیوں نہیں لائے بیوی بچوں کو۔ اچھا تھا اپنے کنبے سے مل لیتے۔"

طارق مسکرایا اور بولا، "میں کہاں اچھا تھا پڑھائی میں اور تم تو بدھو کہا کرتی تھیں مجھے۔"

"ایسے ہی چھیڑتی تھی ورنہ ہم سب کزنوں میں تم سب سے اچھے تھے۔"

"تمھارے شوہر کہاں ہیں؟ ان سے اس دن بھی ملاقات نہیں ہوئی تھی۔"

"تین سال پہلے فوت ہو گئے۔"

"اوہ۔۔۔ آئی ایم سوری۔"

"جگر کا کینسر ہو گیا تھا۔"

"بہت افسوس ہوا۔ آئی ایم سوری، مجھے معلوم نہیں تھا۔" تھوڑی دیر خاموشی

رہی۔ طارق کی نگاہیں کمرے کا جائزہ لینے لگیں۔ یہ وہی کمرہ تھا جہاں اس نے بچپن میں اور نوجوانی میں لالی کے ساتھ بیٹھ کر پڑھا تھا، لڈو کھیلی تھی اور باتیں کی تھیں۔ اس کمرے میں اب بھی کوئی خاص تبدیلی نہیں ہوئی تھی۔ اسی طرح ایک کونے میں اوپر تلے ٹرنک رکھے تھے۔ الماری میں سب سے اوپر کے حصّے میں قرآن مجید اور کچھ کتابیں تھیں۔ دوسرے حصّے میں کانچ کے برتن اور گلدان تھے اور سب سے نچلے حصے میں سرمہ دانی، کنگھا اور بچیوں کے اسکول کے بستے رکھے تھے۔ طارق نے سوچا بس اتنی تبدیلی ہوئی ہے کہ پہلے یہاں لالی اور اس کی بہن بستہ رکھتی تھیں اور اب لالی کی بیٹیاں رکھ رہی تھیں۔ اس نے قدرے اچھنبے کے ساتھ سوچا، وہ اس شہر میں جہاں بھی گیا اسے واضح تبدیلی کا احساس ہوا لیکن اس گھر میں جیسے وقت، حالات، زندگی اس کے مسائل سب کچھ ویسے کا ویسا تھا، کچھ نہیں بدلا تھا، جیسے وقت ایک جگہ تھم گیا ہو۔ بس چہرے بدلے تھے لیکن ان کی تقدیر تک ایک جیسی تھی۔ پہلے چھوٹی چچی بیوہ ہو کر بچیاں پالنے اور جیون جھوجھنے میں لگی ہوئی تھی، اب یہی کچھ لالی کر رہی تھی۔ یاخدایہ۔۔۔ یہ سب کیا ہے؟ کچھ لوگوں کے ساتھ زندگی نسل در نسل اتنا بھیانک مذاق کیوں کرتی ہے؟ اس کا دل یک لخت بہت بوجھل ہو گیا۔

"لالی! تابندہ کہاں ہے، کیسی ہے وہ؟"

"ماشاء اللہ اپنے گھر میں ہے۔ بہاولپور میں رہتی ہے۔ دو بچے ہیں اس کے، ایک بیٹا ایک بیٹی۔"

"ماشاء اللہ، ماشاء اللہ۔ چلو بہت اچھا ہے۔ آتی رہتی ہے ملنے کے لیے۔"

"ہاں، مہینے دو مہینے میں چکر لگا لیتی ہے۔"

"اب آئے تو اسے میری دعائیں کہنا۔"

"اچھا اور اب اگلی بار آؤ تو تم بھی بیوی بچوں کو ساتھ ضرور لانا۔"

"دیکھو کب آنا ہو گا؟"

"کب آنا ہو گا کیا مطلب؟، جلدی آنا اور لا کر بچوں کو ملانا۔"

طارق کا جی چاہا وہ لالی سے پوچھے اسے ماضی کی کیا کیا باتیں یاد ہیں؟ وہ باتیں جن میں ان کے درمیان۔۔۔ وہ سب باتیں کیا اسے یاد ہیں یا۔۔۔ پھر اس نے خود ہی سوچا، کاش اسے ان میں سے کوئی بات، کوئی لفظ، کچھ بھی یاد نہ ہو۔ کیا مجھے لالی سے پوچھنا چاہیے کہ اسے مجھ سے کوئی شکوہ، کوئی غصہ، کوئی افسوس ہے؟، لیکن کیسے اور کن لفظوں میں پوچھوں، کس منہ سے پوچھوں؟ ایک عجیب سا اضمحلال اس کے پورے وجود پر طاری ہو رہا تھا۔

"تم سنجیدہ اور چپ چپ کیوں رہنے لگے ہو، پہلے تو ایسے نہیں تھے۔"

"نہیں، بس ایسے ہی تمھیں لگ رہا ہو گا۔"

"لگ رہے ہو تو کہہ رہی ہوں نا۔ اچھا یہ بتاؤ، وہ جو تمھیں پچھلے سال گردے کی تکلیف ہوئی تھی وہ تو دوبارہ نہیں ہوئی نا اور تم بلڈ پریشر کی دوا تو باقاعدگی سے لیتے ہو، اس میں غفلت تو نہیں کرتے نا؟"

طارق لمحے بھر کو ہل گیا۔ لالی کو کیا کیا کچھ پتا تھا اس کے بارے میں، اس کے بیوی بچوں کے بارے میں۔ کیا عورت ہے یہ، طارق نے خود سے کہا، جسے میں نے بالکل فراموش کر دیا تھا وہ میرے بارے میں کتنی باخبر ہے۔ افسوس اور رنج کی تیز و تند لہریں اس کے دل میں دوڑتی چلی گئیں۔ اس نے لالی کی طرف دیکھا، اسے لگا نظریں دُھندلا گئی ہیں۔ اس نے سر جھکا لیا۔

"منصور بھائی آجاتے ہیں کبھی کبھار، ان سے تمھاری خیریت پوچھ لیتی ہوں۔" لالی

نے اٹھتے ہوئے کہا، "اچھا اب تم رات کا کھانا کھا کر جانا، میں جلدی سے کچھ بنا لیتی ہوں۔"

"اوں ہوں۔ نہیں، نہیں کھانا نہیں۔ کھانا تو میں چچا کے ساتھ ہی کھاؤں گا۔ کل صبح جا رہا ہوں واپس اسلام آباد، سوچا آج تم سے مل لوں۔"

"اچھا کیا، بہت اچھا کیا آ گئے۔ ویسے میں تو کہہ رہی تھی کھانا کھا لیتے۔ لیکن۔۔۔ اچھا چلو جیسے تمھاری مرضی، چائے اور بنواؤں۔"

طارق نے نفی میں سر ہلایا۔ "چھوٹی چچی سے مل لیا، بچیوں کو دیکھ لیا، تم سے باتیں ہو گئیں، وقت بھی خاصا گزر گیا۔ چچا میرا انتظار کر رہے ہوں گے۔ بس اب چلتا ہوں۔"

"لو یہ کیا بات ہوئی، تم ایک دم سے ہی اٹھ کھڑے ہوئے۔"

"ایک دم کہاں، اتنی دیر سے تو بیٹھا ہوں۔ زندگی رہی تو پھر آؤں گا، پھر ملیں گے۔"

"ہاں ہاں، کیوں نہیں۔" لالی نے شگفتگی سے کہا، "خدا تمھیں اپنے بچوں کے سر پہ سلامت رکھے، ان کی خوشیاں دکھائے۔ اچھا کیا تم ملنے آ گئے۔ اب اتنے دن میں مت آنا، جلدی آنا اور بچوں کو بھی ساتھ لانا۔"

طارق کے پاس کہنے کو کچھ نہیں تھا۔ وہ اثبات میں سر ہلاتا رہا، پھر باہر آ کر چھوٹی چچی سے ملا، لالی کی بیٹیوں کو پیار کیا، جیب سے کچھ روپے نکال کر دیے اور خدا حافظ کہہ کر نکل آیا۔ باہر آ کر اسے لگا اس کی دونوں ٹانگوں میں جیسے جان ہی نہیں ہے اور جسم بری طرح نڈھال تھا۔ وہ چھوٹے چھوٹے قدم اٹھاتا ہوا گلی سے نکل کر سڑک پر آ گیا۔ فوراً ہی خالی رکشا مل گیا۔ وہ اس میں سوار ہو کر چل دیا۔ یک بہ یک اسے لگا جیسے وہ لالی سے مخاطب ہے، لالی! تمھارے ساتھ، چھوٹی چچی کے ساتھ یہ سارے ظلم کیوں ہوئے؟ کس نے ڈھائے اتنے ستم، چھوٹے چچا نے۔۔۔ دادا جان نے۔۔۔ ابا نے۔۔۔ میں نے یا تقدیر

نے۔۔۔ یا پھر سب نے مل کر؟ اور تم لوگ ہو کہ تمھیں کسی سے کوئی شکوہ، کوئی گلہ، کوئی شکایت کچھ بھی نہیں؟ کیسے لوگ ہو تم۔۔۔ کس دنیا کی مخلوق ہو؟ اس کی بات کا جواب دینے کے لیے لالی اس کے پاس نہیں تھی اور رکشا اسے لالی سے دور مخالف سمت میں لیے جا رہا تھا۔

٭٭٭

خوف کے آسمان تلے

دن تو وہ بھی عام دنوں کی طرح شروع ہوا تھا۔

معمول کے مطابق پروفیسر کیانی نے فجر کی اذان سنتے ہوئے بستر چھوڑا، نماز پڑھ کر صبح کی سیر پر نکل گئے۔ لوٹ کر آئے تو بیگم نے چائے تیار کی ہوئی تھی، وہ چائے کے ساتھ اخبار لے کر بیٹھ گئے۔ اس کے بعد نہائے دھوئے اور ناشتا کیا۔ چھٹی کا دن تھا سو کوئی کتاب تھام لی۔ بچے اپنے اپنے کاموں میں مشغول ہو چکے تھے۔ بیوی نوکرانی کے ساتھ مصروف تھیں، پہلے جھاڑ پونچھ کر لو، کپڑے بعد میں دھونے بیٹھنا۔ آوازیں ساری پروفیسر صاحب کے کان میں پڑ رہی تھیں لیکن معمول یہ تھا کہ چھٹی کے دن وہ اپنے کمرے ہی میں دوپہر تک کا وقت گزارتے۔ دوپہر کے کھانے کے بعد آرام کرتے اور شام کی چائے کے بعد سے رات تک بیچ کے کمرے میں بیٹھے رہتے۔ ٹی وی دیکھتے، کوئی ملنے آجاتا یا وہ خود اٹھ کر کسی دوست کے یہاں چلے جاتے۔ غرض کہ چھٹی کا دن یوں ہی گزرتا۔ اس دن کا آغاز بھی حسب معمول ہوا تھا لیکن دوپہر سے پہلے ہی انھوں نے بخوبی اندازہ لگا لیا تھا کہ یہ دن شروع تو عام دنوں کی طرح ہوا ہے مگر اس کا اختتام عام دنوں کی طرح نہیں ہو گا۔ موت کے سائے کی چاپ پروفیسر صاحب نے کہیں بہت قریب سے سنی تھی۔

خیر، بات اگر صرف موت کا سامنا کرنے کی ہوتی تو بھی وہ حوصلہ کر لیتے۔ اس لیے کہ موت تو اس سے پہلے بھی کئی بار ان کے آس پاس منڈلا کر لوٹ گئی تھی۔ انھیں وہ رات اچھی طرح یاد تھی جب کھانے کے بعد وہ صبح کے ناشتے کے لیے ڈبل روٹی اور

انڈے وغیرہ لینے نکلے تھے۔ دروازے پر ہی تھے کہ منجھلی بیٹی دوڑتی ہوئی آئی، "پاپا، پاپا! مما کہتی ہیں بھیا کو بھی باہر ٹہلا لائیں۔" پروفیسر صاحب رک گئے، "اچھا جاؤ، لے آؤ بھیّا کو جلدی سے۔" بیٹا سال بھر کا تھا، تین بہنوں کے بعد ہوا تھا، سارے گھر کی آنکھ کا تارا بنا رہتا۔ ماں باپ بہنیں سبھی جیسے خدمت میں لگے رہتے اس کی۔ پروفیسر صاحب کسی کام سے باہر جاتے تو بیٹا ان سے پہلے جانے کے لیے تیار نظر آتا۔ "ارے تمھیں کیسے سمجھ آ جاتی ہے کہ میں باہر جا رہا ہوں؟" وہ ہنستے، "اور باہر جا کر ملتا کیا ہے تمھیں؟ بس ٹکر ٹکر دیکھتے رہتے ہو منڈی گھما کر۔" اس دن وہ بیٹے کو گود میں لیے نکلے تو بازار میں روز کی طرح رونق تھی۔ یوں بھی یہ وقت بازار میں زیادہ چھل پہل کا تھا۔ وہ چیزیں لے کر لوٹ رہے تھے، ابھی آدھے رستے میں ہوں گے کہ ان کے پاس سے تین چار نوجوان تیزی سے راستہ کاٹتے ہوئے نکلے۔ انھوں نے نوجوانوں پر تو کوئی دھیان نہ دیا البتہ یہ سوچ کہ شاید وہ فٹ پاتھ کے بیچوں بیچ چل رہے ہیں، ایک طرف کو ہو کر چلنے لگے۔ لیکن ابھی چند قدم بھی آگے نہ بڑھے ہوں گے کہ دائیں بائیں پورے بازار کی دکانیں تیزی سے بند ہونے لگیں۔ انھیں گھڑی بھر کو تو کچھ سمجھ ہی نہ آیا کہ یہ سب ہو کیا رہا ہے، اس لیے رک کر ادھر ادھر دیکھنے لگے۔ پھر جیسے سمجھ آ گیا، کیا ہو رہا ہے اور کیا ہونے والا ہے؟ تب تو جیسے ان کی دونوں ٹانگوں میں بجلیاں سی بھر گئیں۔ لمبے لمبے ڈگ بھرتے ہوئے وہ گھر کی طرف رواں تھے لیکن رک کر انھوں نے جو چند لمحے معاملہ سمجھنے میں گزارے تھے، لگتا تھا ان کا خمیازہ بھگتنا پڑے گا۔ اس لیے کہ فائرنگ شروع ہو چکی تھی اور گولیوں کی آوازیں جیسے ان کی طرف لپک رہی تھی۔

انھیں اندازہ نہیں ہو رہا تھا کہ یہ آواز عقب سے آ رہی ہے یا سامنے سے یا پھر دائیں جانب سے، لیکن اب سوچنے کا وقت نہیں تھا۔ ایک ہاتھ میں بیٹا تھا، دوسرے میں ڈبل

روٹی، مکھن اور انڈے۔۔۔ اور وہ بھاگ کھڑے ہوئے۔ تڑ تڑ۔۔۔ تڑ تڑ۔۔۔ تڑ تڑ۔۔۔ تڑتڑ کی آوازیں اب مشرق، مغرب، شمال، جنوب ہر سمت سے یکساں آ رہی تھی۔ دوڑتے ہوئے انھیں بس ایک ہی خیال تھا کہ بیٹا غیر محفوظ ہے، بیٹا مصیبت میں ہے، بیٹے کی جان پر بنی ہوئی ہے۔ سال بھر کا بیٹا اس صورتِ حال کو تو یقیناً نہیں سمجھ سکتا تھا لیکن ہنگامے نے اسے خوف زدہ کر دیا تھا اور وہ چیخ چیخ کر رو رہا تھا۔ انھوں نے دوڑتے دوڑتے اس ہاتھ کو جس میں بیٹا تھا، آگے کر کے سینے سے لگا لیا اور بچے کے گرد دونوں بازوؤں کا حلقہ کر لیا کہ اگر کوئی گولی ان کی طرف آئے تو بچے تک نہ پہنچے بلکہ ان کے جسم کی ڈھال سے رک جائے۔ بیس قدم آگے انھیں اپنی گلی میں مڑنا تھا لیکن یہ بیس قدم بیس ہزار میل بن گئے تھے، ختم ہونے میں ہی نہیں آ رہے تھے۔ لگ رہا تھا جیسے چاروں طرف سے گولیوں کی بوچھاڑ آ رہی ہے۔ وہ زندگی میں پہلی بار شدید بے بسی کے احساس سے دوچار تھے۔ جو باپ اپنی اولاد کو تحفظ فراہم نہ کر سکتا ہو، اسے اولاد پیدا کرنے کا کوئی حق نہیں۔۔۔ نہیں اسے تو جینے کا بھی کوئی حق نہیں۔۔۔ حقیقت یہ ہے کہ اسے۔۔۔ انھی خیالات میں الجھے ہوئے انھیں پتا بھی نہ چلا کہ وہ کب اپنی گلی میں مڑ گئے۔ وہ تو اس وقت چونکے جب کئی مکانوں کے دروازوں سے پکار پڑی، "یہاں آ جائیے۔۔۔ یہاں آ جائیے۔۔۔" اور پھر ایک دروازے سے نکلنے والے ہاتھ نے انھیں اندر کھینچ لیا۔ سب کچھ جیسے خواب میں ہو رہا تھا۔ ان کا ذہن خواب اور حقیقت کے بیچ اٹکا تھا اور یہ سمجھنے سے قاصر تھا کہ یہ منظر خواب کا ہے یا سچ مچ ایسا ہی ہو رہا ہے۔ بیٹا گود میں روئے جا رہا تھا۔ کئی آوازیں بیک وقت اسے پچکار پچکار کر چپ کرانے کی کوشش کر رہی تھیں۔ اوسان بحال ہونے لگے تو انھوں نے غور کیا کہ وہ ایک مکان کے برآمدے میں کھڑے ہیں اور یہاں ان کے آس پاس دس بارہ افراد ہیں۔ جہاں وہ تھے، اس کے عقب میں دو کمروں کے دروازے تھے اور

وہاں کچھ خواتین اور بچے کھڑے تھے۔ اس وقت ان کے دماغ میں خیالات کے جھپاکے ہو رہے تھے۔ پل بھر کو دھیان بیوی اور بیٹیوں کی طرف گیا کہ فائرنگ کی آواز سن کر سخت پریشان ہو رہی ہوں گی، بیوی کہیں ڈھونڈنے نہ نکل کھڑی ہوں پھر چھوٹے بھائی کا خیال آگیا۔ اس کی رہائش جس جگہ تھی وہ شہر کا سب سے زیادہ متاثر رہنے والا علاقہ تھا۔ اس کے بعد وہ اپنے شہر کے سیاسی، گروہی اور لسانی مسائل کے بارے میں سوچنے لگے۔ وحشیوں کا، درندوں کا شہر ہو چکا ہے کراچی، انسان نہیں بستے یہاں۔ انسان ایک دوسرے کے ساتھ نہیں کر سکتے یہ سب کچھ۔۔۔ یہ بربریت۔۔۔۔۔ یہ سفاکی۔۔۔ بالکل غیر انسانی صورت حال۔۔۔ لیکن معاً ان کا دھیان ایک بار پھر آس پاس کھڑے ہوئے لوگوں کی طرف چلا گیا۔ نہیں، ایسا نہیں سوچنا چاہیے، انھوں نے خود سے کہا۔ ارد گرد کھڑے ہوئے لوگوں پر نگاہ ڈالی، سب کے چہروں پر خوف اور اضطراب تھا۔ نہیں، یہ سب تو انسان ہیں۔۔۔ ان میں تو کوئی درندہ نہیں ہے۔۔۔ اور وہ لوگ جنھوں نے دروازے کھول کھول کر موت سے بھاگے ہوئے ان بے اماں لوگوں کو پناہ دی ہے۔۔۔ نہیں، بالکل نہیں، انسانیت اس شہر سے ہرگز ختم نہیں ہوئی۔ انھوں نے فوراً اپنی رائے میں تبدیلی کی ضرورت محسوس کرتے ہوئے سوچا، یہاں اکثریت انسانوں ہی کی ہے لیکن یہ اکثریت درندوں کی اقلیت کے آگے بے بس ہے، لوگ نہتے ہیں، مجبور ہیں، لیکن اس بے بسی اور مجبوری کے عالم میں بھی ان کے اندر کی انسانیت زندہ ہے۔ وہ ایک دوسرے کے مسئلوں کو سمجھتے ہیں، کڑے وقت میں ایک دوسرے کی مدد کرتے ہیں اور پھر انھیں یاد آیا کہ وہ بھی ایسی ہی ایک شام تھی جب دو دن کے بعد کرفیو میں صرف دو گھنٹے کا وقفہ دیا گیا تھا۔ وہ گھر سے نکلے تھے کہ چھوٹے بھائی کی بیوی اور بچوں کو اپنے یہاں لے آئیں، کیوں کہ بھائی دفتر کی طرف سے ہفتے بھر کے لیے شہر سے باہر گیا ہوا تھا، لیکن چھوٹی بھاوج

بولی، "بھائی صاحب! میں یہیں ٹھیک ہوں، دو دن بعد بچوں کے ابا بھی پہنچ جائیں گے، فون آیا تھا۔ آپ ذرا سا آٹا اور چینی لا دیں تو بس میں آرام سے رہ لوں گی۔" انھوں نے ایک آدھ بار سمجھانے کی کوشش کی لیکن لگا کہ اس کا ساتھ چلنے کا ارادہ نہیں ہے تو باہر گئے اور کھانے کی جو چیزیں مل سکتی تھیں، لا دیں۔ واپسی کے لیے وہ ابھی گھر سے نکلے ہی تھے کہ وقفہ ختم ہونے کے سائرن بجنے لگے۔ بسیں اور منی بسیں تو خیر اس وقفے میں نکلی ہی بہت کم تھیں لیکن اب تو رکشا ٹیکسی بھی نظر نہیں آ رہے تھے۔ لوگ افراتفری میں گلی کوچوں کی طرف سٹکتے دکھائی دیے۔ وہ خود فٹ پاتھ پر پیدل چل رہے تھے ظاہر ہے گھر دُور تھا اور یقین تھا کہ راستے میں پولیس موبائل یا رینجرز کی گاڑی دھر لے گی اور خدا جانے کیا سلوک کیا جائے گا لیکن کوئی چارہ نہیں تھا۔ گھر تو انھیں ہر صورت پہنچنا تھا، سو چلے جا رہے تھے۔ اتنے میں ایک موٹر سائیکل قریب آئی جس پر تین آدمی سوار تھے، "کہاں جائیں گے؟"

"نارتھ کراچی۔" انھوں نے امید بھری نظروں سے دیکھا۔

"آ جائیے، ہم لوگ بھی وہیں جا رہے ہیں؟" موٹر سائیکل رک گئی۔

"لیکن آپ تو۔۔۔ مطلب ہے پہلے ہی تین آدمی۔۔۔"

"آ جاؤ بھائی آ جاؤ، کوئی مسئلہ نہیں ہے۔ دل میں جگہ ہو تو موٹر سائیکل پر بھی جگہ بن جاتی ہے۔ آ جاؤ، اللہ ہم سب کو خیریت سے گھر پہنچا دے گا۔" موٹر سائیکل چلانے والے نے جواب دیا اور آگے ہو کر موٹر سائیکل کی ٹنکی پر بیٹھ گیا، پیچھے بیٹھے ہوئے دونوں آدمی بھی آگے سرک گئے، ان کے لیے جگہ بن گئی اور وہ بھی ساتھ ہو لیے۔ پورا واقعہ جیسے لمحے بھر میں ان کی آنکھوں میں پھر گیا۔ کیا رشتہ تھا ان لوگوں سے میرا اور کیا رشتہ ہے ان لوگوں سے جنھوں نے آج پناہ دے رکھی ہے؟ انسانیت کا، محبت کا، مشترک دُکھ کا

رشتہ ہے ہم سب کے بیچ۔ انھوں نے خود سے کہا، واقعی اکثریت تو انسانوں ہی کی ہے اس شہر میں۔

"مقتل بنایا ہوا ہے کراچی کو ظالموں نے۔" کونے میں کھڑے ایک صاحب بولے۔

سب نے ان کی طرف دیکھا، لیکن کسی نے کوئی جواب نہیں دیا جیسے کوئی بھی اس سفاک حقیقت کی تصدیق کرنا نہ چاہتا ہو۔

"خدا کی مار ہو ظالموں پر۔" وہ صاحب پھر بولے۔

کئی ایک نے آمین کہا۔

"آپ لوگ اندر آجائیں یہاں ڈرائنگ روم میں۔" پختہ عمر کی خاتون کی آواز آئی۔

"نہیں بہن جی، رہنے دیجیے۔ آپ کی بڑی مہربانی، آپ نے ہمیں پناہ دی۔" ایک صاحب بولے۔

"نہیں بھائی صاحب، مہربانی کی کیا بات ہے؟ ایسے وقت میں انسان ہی انسان کے کام آتا ہے۔ آپ لوگ یہاں اندر آکر آرام سے بیٹھ جائیں۔ جب باہر ٹھیک ہو جائے تب چلے جایئے گا۔"

"نہیں بہن، بہت شکریہ آپ کا۔ لگتا ہے، چلے گئے ہیں، فائرنگ کی آواز نہیں آرہی اب۔"

"ہاں، نہیں آرہی آواز۔ نکل گئے اس کا مطلب ہے۔" ایک اور صاحب بولے۔

مین گیٹ سے لگ کر کھڑا ہوا لڑکا گردن نکال کر جھانکا، "ہاں، سناٹا ہے بالکل۔"

"اچھا بہن جی! ہم لوگ بھی چلتے ہیں، گھر والے بڑی پریشانی میں ہوں گے۔"

"بھائی صاحب! پہلے اچھی طرح دیکھ لے ایک آدمی نکل کر۔ یوں جلد بازی میں نہ

نکلیں سب لوگ۔"

وہی گیٹ والا لڑکا بولا، "میں دیکھتا ہوں۔" اور باہر نکل گیا۔ کئی لوگوں نے گیٹ سے باہر گردن نکالی۔ لڑکے نے واپس آکر اطلاع دی، "چلے گئے، خالی ہے سڑک، آجائیں۔"

لوگ خاتون کا شکریہ ادا کرتے ہوئے گھر سے نکلے۔ خاتون نے ایک ایک کو خدا حافظ کہا۔ پروفیسر صاحب بھی نکلے اور دیوار کے ساتھ لگ لگ کر چلتے ہوئے گھر پہنچے۔ بیوی دروازے سے باہر کھڑی انتظار کر رہی تھیں، آنکھیں بھری ہوئی تھیں، بیٹے کو لپک کر لیا اور سینے سے چمٹا لیا۔ رونے لگیں۔ پروفیسر صاحب نے کاندھا تھپتھپایا، "ارے، چچ چچ یہ کیا۔۔۔ بھئی خدا کا شکر ہے، سب خیریت ہے۔۔۔ چلو، اچھا اندر چلو۔"

پروفیسر صاحب کو اچھی طرح یاد تھا کہ وہ اکیلے تو کئی بار موت کے منھ سے بال بال بچے تھے۔ ایک بار وہ چند منٹ پہلے واٹر بورڈ کے دفتر سے نکلے تھے اور چند منٹ بعد وہاں فائرنگ ہوگئی تھی۔ چھ آدمی موقعے پر ہی مارے گئے تھے۔ ایک بار وہ شام کو دفتر سے گھر آرہے تھے جب حسن اسکوائر سے لیاقت آباد دس نمبر کی طرف آتے ہوئے ان کی بس کراس فائرنگ میں پھنس گئی تھی۔ ایک طرف پولیس تھی اور دوسری طرف فلیٹوں میں چھپے ہوئے لوگ۔ سڑک کے بیچ رکاوٹیں ڈالی گئی تھیں۔ ڈرائیور کہیں ان سے بچتا کہیں ان کو روندتا بس کو آگے بڑھا رہا تھا۔ ڈرائیور اور کنڈیکٹر بس دو ہی آدمی گاڑی میں سیدھے بیٹھے تھے، باقی سارے مسافر سیٹوں کے نیچے دبکے ہوئے تھے۔ کیا ان دونوں کو موت کا خوف نہیں تھا؟ تھا، یقیناً تھا لیکن انھوں نے اپنی زندگی سے زیادہ قیمتی ان لوگوں کی جانوں کو سمجھا جو اس وقت ان کی گاڑی میں سوار تھے۔ کہتے ہیں، ابتلا کی گھڑی میں انسان کو صرف اپنی جان کا دھیان رہتا ہے۔ نہیں، ایسا نہیں ہے۔ اس شہر کے باسیوں نے ثابت

کیا ہے کہ انسان اپنی جان ہتھیلی پر رکھ کر دوسروں کی حفاظت کرتا ہے اور ایسا کرتے ہوئے وہ یہ نہیں دیکھتا کہ وہ جن لوگوں کی زندگیاں بچانے کے لیے خود کو داؤ پر لگا رہا ہے، وہ اس کے ہم زبان یا ہم قبیلہ ہیں کہ نہیں۔ نہیں، وہ ایسا کچھ نہیں دیکھتا۔ کوئی گروہی، لسانی یا سیاسی سماجی امتیاز اس کے لیے اہم نہیں ہوتا۔ وہ تو صرف اور صرف انسانی جان کی حفاظت کو پیشِ نظر رکھتا ہے، صرف انسانیت کے لیے سوچتا ہے۔ ایک ایک واقعہ پروفیسر کیانی کے ذہن میں محفوظ تھا، اپنی پوری تفصیلات کے ساتھ۔ موت اتنی بار ان کے قریب سے گزری تھی، کبھی کاندھے چھوتے ہوئے، کبھی دامن مس کرتے ہوئے، کبھی پہلو میں آکر، کبھی سامنے آکر، کبھی پیٹھ پر ہاتھ رکھ کر۔ اتنی بار ایسا ہوا تھا کہ ان کے دل سے موت کا خوف بالکل نکل گیا تھا۔ لیکن آج کا قصہ پہلے کے سب واقعات سے مختلف تھا، بالکل مختلف۔ اس لیے کہ اب سے پہلے انھوں نے ہر بار موت کو اچانک اپنے قرب میں پایا تھا، بغیر کسی پیشگی اطلاع کے اور ایسا ہمیشہ ایک ہڑبونگ کی کیفیت میں ہوا تھا۔ لیکن اس دفعہ وہ بتا کر، اعلان کر کے آرہی تھی اور افراتفری میں نہیں۔۔۔ اطمینان کے ساتھ نشانہ لے کر ان کی طرف بڑھ رہی تھی۔۔۔ اور صرف انھی کی طرف نہیں بلکہ ان کے پورے گھر کی طرف۔۔۔ ایک بگولے کی طرح رقص کرتی ہوئی۔۔۔ اور وہ صرف موت کے قدموں کی چاپ ہی نہیں سن رہے تھے بلکہ اس طوفان کی گونج بھی ان کے کانوں تک پہنچ رہی تھی جو ذلتوں کا سامان لیے ان کی طرف امڈ رہا تھا۔

دوپہر کے کھانے کا وقت تھا۔ ابھی گھڑی دیکھ کر انھوں نے سوچا تھا کہ بیگم کھانا لگوا رہی ہوں گی، کتاب رکھ دینی چاہیے۔ اتنے میں چھوٹی بیٹی کمرے کے دروازے پر نمودار ہوئی، "پاپا! کوئی آپ سے ملنے آیا ہے۔"

"کون ہے بیٹا؟"

"معلوم نہیں، کئی آدمی ہیں، بلا رہے ہیں آپ کو۔"

"اچھا، انھیں بٹھایا آپ نے ڈرائنگ روم میں۔"

"نہیں پاپا، وہ کہہ رہے ہیں، ہم جلدی میں ہیں، بیٹھیں گے نہیں۔"

پروفیسر کیانی گھر سے باہر آئے۔ چار پانچ نوجوان اور دو ادھیڑ عمر آدمی ان کے منتظر تھے۔

"سلام لیکم سر!" کئی آوازیں ایک ساتھ آئیں۔

"وعلیکم السلام۔۔۔جی فرمایئے؟"

"سر بس یہ کہنا تھا کہ آپ کی فیملی کا ابھی ووٹ نہیں ہوا۔ بس جا رہی ہے، آپ بھی اس میں بیٹھ کر ووٹ ڈال آیئے۔ یہیں گھر پر اتار دے گی گاڑی واپس۔ وہاں بھی دیر نہیں لگے گی۔ اپنے لڑکے موجود ہیں، خود پرچی بنوا دیں گے، آپ کو تو بس مہر لگانی ہے۔"

"ہاں ہاں، ہمیں جانا ہے لیکن بس کی ضرورت نہیں ہے۔ ہم اپنی گاڑی میں چلے جائیں گے۔" پروفیسر کیانی نے رکھائی سے جواب دیا۔

"سر! کیوں گاڑی میں جاتے ہیں، بس جا تو رہی ہے؟" ادھیڑ عمر آدمی تحمل سے بولا۔

"نہیں بھئی، ہم اپنی گاڑی میں ہی جائیں گے۔"

"ٹھیک ہے سر! جیسے آپ کی مرضی، لیکن بس اب چلے جائیں فوراً۔ بعد میں پھر رش ہو جاتا ہے اخیر وقت میں۔" دوسرے لڑکے نے کہا۔

"ہاں میاں۔۔۔بس دیکھیے۔۔۔"

"دیکھیے ویکھیے نہیں سر! بس اب چلے جایئے۔ ہم چار بار یاد دہانی کرانے آچکے ہیں آپ کو صبح سے اب تک۔" دائیں ہاتھ پر کھڑا نوجوان ذرا چمک کر بولا۔

"مطلب ہے سر کہ اب ٹائم کم بچا ہے نا۔ پھر رش پڑ جائے گا تو آپ کو زحمت

ہو گی۔" ادھیڑ عمر آدمی نے بات سنبھالنے کی کوشش کی۔

"پانچ ووٹ ہیں سر آپ کے گھر کے۔ آپ کا، آپ کی بیگم صاحبہ کا اور تین آپ کی بیٹیوں کے، پانچوں ڈلوایئے گا۔" ایک اور نوجوان بولا۔

"ایک ایک ووٹ قیمتی ہوتا ہے سر!" اسی ادھیڑ عمر آدمی نے مسکرا کر کہا۔

"آپ بس فوراً چلے جایئے۔" وہی دائیں ہاتھ کھڑا نوجوان دوبارہ چمکا، "پانچویں بار تو یاد دہانی نہ کروانے آئیں نا ہم۔" اس نے ذرا ٹیڑھی نظروں سے پروفیسر صاحب کو دیکھا جیسے کہنا چاہتا ہو کہ اگر پانچویں بار بتانا پڑا تو کسی اور انداز میں بتایا جائے گا۔ "ٹھیک ہے، چلو بابو بھائی چلتے ہیں۔" نوجوان نے آگے کھڑے ہوئے ادھیڑ عمر آدمی کے کاندھے پر ہاتھ مارا۔ سب لوگ چلے گئے۔ پروفیسر صاحب مڑے، اندر آکر مین گیٹ سے ٹیک لگا کر کھڑے ہو گئے۔ عجیب سی شکست خوردگی اور بے بسی والی جھنجھلاہٹ اور کوفت کا سا احساس تھا جو طبیعت کو بے مزہ کر رہا تھا۔ عجیب لوگ ہیں، خواہ مخواہ پھیرے لگا رہے ہیں اور پریشان کر رہے ہیں۔ بھئی ہماری مرضی ہم اپنا ووٹ کاسٹ کریں یا نہ کریں، تم کون ہوتے ہو ہم سے بار بار پوچھنے والے۔ پروفیسر صاحب نے غصّے سے سر جھٹکا اور اندر چل دیے۔

"ہاتھ دھو لیجیے، کھانا لگا دیا ہے۔" انھیں اندر آتے دیکھ کر بیگم نے کہا۔

پروفیسر صاحب ہاتھ دھو کر کھانے کی میز پر آ گئے۔

"کیوں آئے تھے، یہ لڑکے؟" کھانے کے دوران بیگم نے پوچھا۔

"ارے بھئی خدائی فوج دار ہیں، ووٹ ڈالنے کا کہنے آئے تھے۔" پروفیسر صاحب نے جھنجھلا کر کہا۔

"کئی بار آ چکے ہیں صبح سے۔ دروازے سے یاد دہانی کرا کے چلے جاتے تھے لیکن اب

کے آپ کو بلوا کر کہا ہے۔ بس کھانا کھا کر ڈالنے چلیے ووٹ۔" بیگم نے ذرا پریشانی سے کہا۔

"ہاں دیکھیں گے، جی چاہے گا تو چلے جائیں گے۔" پروفیسر صاحب نے جیسے بے نیازی سے کہا۔

"نہیں نہیں ضرور چلیے۔ نہیں جائیں گے تو سب کی نظروں میں آجائیں گے۔ بیٹھے بٹھائے جھگڑا مول لینے کی کیا ضرورت ہے؟"

"بھئی جھگڑے کی کیا بات ہے؟ ہمارا ووٹ ہے، ہم ڈالیں نہ ڈالیں۔"

"کیسی باتیں کر رہے ہیں۔ یاد نہیں ہیں، پچھلی بار کے واقعات۔۔۔ کیا ہوا تھا چاند بھائی کے ساتھ۔۔۔ اور وہ خطی میاں والا قصہ بھول گئے کیا، کیوں ٹنٹا پالتے ہیں؟ بس کھانا کھا کر چلیے فوراً۔"

لقمہ منہ میں ڈالتے ڈالتے جیسے پروفیسر صاحب کا ہاتھ بچل گیا اور پل کی پل میں ان کی آنکھوں میں پچھلے انتخابات کے جھگڑوں کی تصویریں پھر گئیں۔ "دیکھیے دیکھیے نہیں سر!۔۔ ہم چار بار یاد دہانی کرانے آچکے ہیں صبح سے۔۔۔ پانچویں بار تو نہ آئیں نا ہم۔۔۔" پروفیسر صاحب کے ذہن میں اس منہ زور نوجوان کے فقرے گونجے۔ کالج میں نوجوانوں کے لچھن دیکھ کر وہ ایسے اکھڑے اکھڑے لہجوں کا اب زیادہ اثر نہیں لیتے تھے۔ ان کا خیال تھا کہ وہ زمانے لد گئے جب نوجوان نسل اساتذہ کے آگے مؤدب رہتی اور آنکھیں بچھاتی تھی۔ اب تو لڑکے بد تہذیبی اور بد لحاظی کے عادی ہو گئے تھے اور اس کو آزادی کا نام دیا جاتا تھا۔ کھانا جاری تھا لیکن پروفیسر صاحب کا دماغ کہیں اور جا اٹکا تھا۔ "چار بار آچکے ہیں۔۔۔ پانچویں بار تو۔۔۔ چار بار آچکے ہیں۔۔۔ پانچویں بار تو۔۔۔" ان فقروں کے معانی اب پوری طرح پروفیسر صاحب پر کھل چکے تھے۔ ان کے دائیں طرف تینوں بیٹیاں بیٹھی کھانا کھا رہی تھیں اور بائیں طرف بیوی اور اکلوتا بیٹا تھے۔ بیٹیوں پر نگاہ

پڑتے ہی پروفیسر صاحب کے حلق میں جیسے لقمہ اٹک گیا۔ ہاں واقعی تین جوان بیٹیاں ہیں ان کی اور بیٹا اکلوتا اور چھوٹا ہے۔ وہ کوئی جھگڑا کیسے مول لے سکتے ہیں۔ "پانچ ووٹ ہیں سر آپ کے گھر کے۔۔۔ آپ کا، آپ کی بیگم کا اور تین آپ کی بیٹیوں کے۔" اوہ، یعنی پوری تفصیل سے واقف ہیں وہ۔ سب کچھ ان کی نظر میں ہے۔ پروفیسر صاحب کو جھرجھری سی آگئی۔

کھانے کے بعد پروفیسر صاحب اپنے کمرے میں آکر کتاب کھولے بیٹھے تھے لیکن ان کا ذہن ووٹ کی یاددہانی کرانے والے لڑکوں میں الجھا ہوا تھا۔ یہاں تو کسی کے ساتھ کچھ بھی ہو سکتا ہے۔ اس شہر کے باسی تو یرغمال بنا لیے گئے ہیں۔ مختلف سیاسی گروہوں نے شہر کے مختلف حصوں پر قبضہ جمایا ہوا ہے۔ سب۔۔۔ ہم سب قیدی ہیں یہاں۔ کوئی اپنی مرضی سے نہیں جی سکتا۔ جنگل کا قانون ہے یہاں۔ ان کا دماغ کھول رہا تھا، لیکن وہ یہ بات بھی اچھی طرح جانتے تھے کہ اپنے غصے کا اظہار وہ صرف اپنے اندر ہی کر سکتے ہیں، جو شور شرابا ان کے اندر ہو رہا ہے اسے وہ باہر نہیں لا سکتے۔ اس لیے کہ باہر لانے کی انھیں بھاری قیمت ادا کرنی پڑے گی۔ وہ کچھ لوگوں کو یہ قیمت ادا کرتے دیکھ چکے تھے۔ توبہ توبہ۔۔۔ خدا کی پناہ۔ یہ تصور ہی لرزہ دینے والا تھا۔ ایک یخ بستہ لہر ان کے پورے سراپے پر گزر گئی۔

"چلیے اٹھیے۔۔۔ ووٹ ڈال کر آتے ہیں۔" بیگم آنچل سے ہاتھ پونچھتی ہوئی کمرے میں آئیں۔

"بھئی ہم کسی کو ووٹ نہیں دینا چاہتے۔" پروفیسر صاحب نے ذرا بن کر کہا، "ہمیں کوئی امیدوار نہیں جچ رہا۔ اس لیے ہم ووٹ ڈالیں گے ہی نہیں۔"

"خواہ مخواہ کی بات نہ کریں۔ جو صبح سے چار چکر لگا چکے ہیں، وہ اگر پھر آئیں گے تو

آپ کو پتا ہے کہ کیا ہو گا؟" بیگم کے چہرے پر تشویش تھی۔

"ارے کیا ہو گا؟" انھوں نے یوں جواب دیا جیسے انھیں کوئی پریشانی یا خوف نہیں ہے۔ "تم بے وجہ پریشان ہو رہی ہو بیگم۔ ہم بھی اسی شہر میں رہتے ہیں۔ استاد ہیں ہم، ہمارے شاگرد بھی کہاں کہاں بیٹھے ہیں، کچھ معلوم بھی ہے تمھیں؟ ایسے کوئی گئے گزرے نہیں ہیں ہم۔ کوئی بال بھی بیکا نہیں کر سکتا ہمارا۔" پروفیسر صاحب نے آواز کو بھاری کرتے ہوئے کہا۔

"آپ کیوں جھگڑا مول لینے پر تلے بیٹھے ہیں۔ خیال کیجیے خدارا، تین جوان بچیاں ہیں ہماری۔ ہم دشمنی کے چکر میں نہیں پڑ سکتے۔" بیگم سخت پریشان تھیں۔

حال تو اندر سے پروفیسر صاحب کا بھی ایسا ہی تھا۔ ٹھنڈک اور خوف کا احساس ان کے بھی روئیں روئیں میں اتر رہا تھا لیکن ان کی مردانگی اس کے اظہار یا اعتراف کے لیے آمادہ نہیں تھی۔

"ارے بھئی ایسا بھی کیا ہے، تم نے تو فضول میں خوف کو خود پر سوار کر لیا ہے۔ آدمی اگر بلی کا بچہ بن کر رہنا شروع کر دے تو ہر شخص چھی چھی کر کے اسے ڈراتا رہتا ہے، کوئی ضرورتاً، کوئی تفریحاً۔۔۔ لیکن اس کے لیے زندگی بس چھی چھی ہو کر رہ جاتی ہے۔ ہم بیٹھے ہوئے ہیں، کوئی اس گھر کی طرف آنکھ اٹھا کر تو دیکھے۔" انھوں نے کھنکار کر بھاری بھر کم آواز میں کہا۔ لیکن انھیں لگا جیسے وہ بیگم سے جھوٹ بول رہے ہیں، کورا جھوٹ۔

"ٹھیک ہے، کوئی حرج نہیں بلی کا بچہ بننے میں۔ بیٹیاں ہیں ہماری۔ کسی بڑی پوسٹ پر کوئی آدمی نہیں ہے ہمارا۔ توبہ، میرے منھ میں خاک۔۔۔ کوئی مصیبت آئی تو کس کے منھ کی طرف دیکھیں گے، کون پُرسانِ حال ہو گا ہمارا؟" بیگم کی آواز یک لخت بھیگ گئی۔

"اللہ برے وقت سے بچائے، کیا کیا تماشے نہیں ہوئے آپ کے اس کراچی میں؟ کتنوں کا

حشر خراب ہوتے دیکھا ہے دنیا نے۔"

"اوہو۔۔۔ بھئی بیگم تم تو۔۔۔یعنی خدا کی قسم۔۔۔ ارے بھئی۔۔۔ یعنی لیجیے۔۔۔ ہا ہاہا۔۔۔ یہ بھی بھلا کوئی بات ہوئی۔۔۔ ہاہاہا۔۔۔ ہاہاہا۔۔۔ ہاہاہا۔" پروفیسر صاحب کو کچھ سمجھ نہ آیا کہ وہ کیا کہیں تو انھوں نے قہقہہ لگا دیا۔۔۔ لیکن یہ بات وہ اچھی طرح جانتے تھے، یہ قہقہہ ان کے اندر کسی خوشی یا بے فکری کے احساس سے نہیں پھوٹا ہے بلکہ صرف اور صرف اپنی بزدلی اور بے بسی کو چھپانے کے لیے ان کے نرخرے سے نکلا ہے۔

"نہیں بس آپ اٹھیے۔۔۔ چلیے ووٹ ڈال کر آتے ہیں۔" بیگم نے ان کا ہاتھ پکڑ کر اٹھایا۔

" چلیے جناب، ضرور چلیے۔ ہمیں اور کسی سالے کا تو کوئی لحاظ نہیں لیکن آپ کا حکم تو ہم نہیں ٹال سکتے۔" وہ دل ہی دل میں بیگم کے شکر گزار تھے کہ انھوں نے ان کی مردانگی کا بھرم رکھ لیا۔

گیرج میں کھڑی گاڑی کی طرف جاتے ہوئے پروفیسر صاحب بیٹیوں سے بولے، "بیٹے! ہم تو ووٹ وغیرہ ڈالنے کے موڈ میں بالکل نہیں تھے۔ اس لیے کہ ہماری پسند کا کوئی کینڈیڈیٹ تھا ہی نہیں۔۔۔ اور پھر یہاں کسی کے ووٹ ڈالنے نہ ڈالنے سے کوئی فرق نہیں پڑتا۔" رک کر گلا صاف کیا اور پھر بولے، "خیر، تو آپ کی مما نے ڈرا دھمکا کر ہمیں ووٹ ڈالنے پر آمادہ کر ہی لیا۔ چلتے ہوئے ہم نے سوچا کہ چلو تینوں بیٹیوں کو بھی لے چلتے ہیں۔ ہو سکتا ہے کہ آپ لوگ واقعی کسی امیدوار کو کامیاب کروانا چاہیں، لیکن ہماری طرف سے کسی پر کوئی پابندی نہیں ہے کہ کس کو ووٹ دینا ہے اور کس کو نہیں۔ آپ لوگ اپنی پسند سے اپنا اپنا ووٹ کاسٹ کریں۔" وہ ہنسے، بیٹیوں کی طرف دیکھا اور بولے، "بھئی ہم تو آزادی اور جمہوریت کے قائل ہیں۔"

لڑکے جیسا کہہ کر گئے تھے ویسا ہی ہوا۔ پروفیسر صاحب اور ان کے اہل خانہ کو ذرا سی دقت نہیں ہوئی۔ وہاں موجود نوجوانوں نے خود ہی پرچی بنوا دی، فہرست میں نام چیک کرا دیا اور قطار میں لگانے کی بجائے سیدھا بیلٹ بوکس کی طرف لے گئے جہاں ایک آدمی بیٹھا انگوٹھے کی پشت پر سیاہی کا نشان لگا کر ووٹ کا پرچہ تھما رہا تھا۔ بیگم اور بیٹیاں خواتین والے کمرے میں چلی گئی تھیں۔ پروفیسر صاحب ووٹ کا پرچہ لے کر بیلٹ بوکس کے پاس گئے جو وہیں ایک طرف سب کے سامنے رکھا ہوا تھا۔ ووٹ ڈالنے والا سب کے سامنے مہر لگا کر پرچہ بیلٹ بوکس میں ڈال دیتا تھا۔ پروفیسر صاحب گھر سے تہیہ کر کے آئے تھے کہ وہ ان کو ووٹ نہیں دیں گے جنھوں نے بار بار آکر یاد دہانی کرائی تھی۔ وہ ان سے خفا تھے۔ اس لیے جب مہر اٹھائی تو ان کا ہاتھ خود بخود دوسرے خانے کی طرف بڑھ گیا۔ انھوں نے ایک غیر اہم امیدوار کے خانے پر مہر لگا دی۔ یہ صوبائی الیکشن کا پرچہ تھا، اب انھوں نے دوسرا پرچہ اٹھا کر سامنے رکھا۔ لیکن اس اثنا میں انھوں نے دیکھا کہ ایک اور آدمی ووٹ کے پرچے تھامے ان کے قریب پہنچ چکا ہے اور منتظر ہے کہ پروفیسر صاحب نمٹیں تو وہ اپنا ووٹ ڈالے۔ پروفیسر صاحب نے محسوس کیا کہ دو تین سائے سے اور بھی ان کے قریب منڈلا رہے ہیں۔ انھوں نے ذرا سی گردن گھما کر دیکھا تو واقعی تین آدمی دائیں بائیں ذرا فاصلے پر یوں کھڑے تھے جیسے ووٹ ڈالنے والے کی نگرانی کر رہے ہوں کہ وہ کس خانے میں مہر لگا رہا ہے۔ خوف کا ایک شدید ریلا ان کے وجود سے آکر ٹکرایا۔ وہ اندر ہی اندر بری طرح لرز گئے۔ اب قومی اسمبلی کے امیدواروں کا پرچہ سامنے تھا۔ اس کا مطلب ہے کہ دائیں بائیں موجود لوگوں نے انھیں غلط خانے میں مہر لگاتے دیکھ لیا ہے، انھوں نے دل ہی دل میں سوچا۔ ان کی ٹانگیں کپکپا گئیں۔ انھوں نے مہر سامنے دھرے قومی اسمبلی کے پرچے پر رکھی، اس کے نیچے سے صوبائی اسمبلی والا پرچہ نکال کر

جلدی جلدی تہہ کیا اور بیلٹ بوکس میں ڈال دیا۔ انھوں نے محسوس کیا جیسے ان کے ہاتھوں میں رعشہ آگیا ہے۔ اگر واقعی انھوں نے دیکھ لیا ہے تو پروفیسر کیانی پھر تمھاری خیر نہیں، وہ خود سے مخاطب تھے۔ انھوں نے جلدی سے مہر اٹھائی اور اسی خانے میں لگا دی جس میں نہ لگانے کا وہ تہیہ کرکے آئے تھے۔ اس کے بعد بڑے اطمینان کے ساتھ وہ پرچہ تہہ کرنے کے لیے یوں لہراتے ہوئے اٹھایا جیسے سب کو دکھانا چاہتے ہوں کہ انھوں نے کس خانے میں مہر لگائی ہے۔ پھر اسے سہج سہج تہہ کیا اور بیلٹ بوکس میں ڈال کر واپس مڑ گئے۔

شام ہوگئی تھی۔ پروفیسر صاحب یوں تو دوپہر سے اب تک معمول کے مطابق اپنے کاموں میں مسلسل مشغول رہے تھے لیکن حقیقت یہ ہے کہ ان کا دھیان کسی کام میں نہیں لگ رہا تھا۔ ذہن وہیں بیلٹ بوکس میں اٹکا ہوا تھا اور آنکھوں کے سامنے بار بار صبح گھر آنے والے لڑکے گھوم رہے تھے۔ ان کے اندر ایک خوف رہ رہ کر سر اٹھا رہا تھا، اگر کسی نے ان کے پہلے پرچے پر لگنے والی مہر دیکھ لی ہے تو اس کا انھیں خمیازہ بھگتنا پڑے گا۔ دل کبھی کہتا تھا کہ پہلا پرچہ کسی نے نہیں دیکھا، دوسرا دیکھا ہے۔ ہاں وہ تو خود انھوں نے دکھایا تھا۔ اس لیے کہ وہ دکھانا چاہتے تھے کہ جس امیدوار کے خانے پر وہ لوگ مہر لگوانا چاہتے تھے، اسی پر لگائی گئی ہے۔ لیکن اگر پہلے والا پرچہ۔۔۔ بس اسی خیال نے ان کی جان کو ہلکان کیا ہوا تھا۔ وہ جانتے تھے کہ اس ایک مہر کی قیمت انھیں کس کس شکل میں چکانی پڑ سکتی تھی۔ ایک ایک پل میں سو سو اندیشے پھن پھیلائے سانپوں کی طرح ان کے اندر سرسرا رہے تھے۔

اس وقت کتاب گود میں دھری تھی اور وہ ٹیک لگائے صوفے پر نیم دراز تھے لیکن انھیں اندر سے یوں محسوس ہو رہا تھا جیسے کہیں خلا میں معلق ہوں۔ زمین پاؤں تلے سے

غائب ہو چکی تھی بس سر پہ ایک آسمان تنا ہوا تھا۔۔۔ خوف کا آسمان۔۔۔ جس کے نیچے ان کا دم گھٹ رہا تھا۔ انھوں نے کئی بار خود کو سنبھالنے، دلاسا دینے کی کوشش کی تھی لیکن ہر بار اس کوشش کے بعد ان کے خوف اور ہیجان میں مزید اضافہ ہو گیا تھا۔

انھوں نے گردن گھما کر کھڑکی سے باہر دیکھا۔ شام کا سرمئی جھٹپٹا رات کی تاریکی میں تبدیل ہو گیا تھا۔ انھیں اپنے چاروں طرف تاریکی کے مہیب سائے مجسم محسوس ہونے لگے۔ وہ اٹھ کر کمرے سے باہر آئے۔ بیٹیاں اپنے کمرے میں تھیں، بیٹا ٹی وی دیکھ رہا تھا اور بیگم کچن میں تھیں۔ انھیں لگا جیسے ان میں کھڑا ہونے کی ہمت نہیں ہے، سوچا واپس کمرے میں چلے جائیں۔ پھر جیسے معاً کسی خیال پر وہ چونکے۔ چند لمحے تأمّل کیا جیسے گومگو کی کیفیت میں ہوں اور کوئی فیصلہ نہ کر پا رہے ہوں۔ لیکن پھر ان کا سر خود بخود اثبات میں ہلنے لگا۔ گویا وہ نتیجے پر پہنچ گئے۔ تب انھوں نے کلائی پر بندھی گھڑی دیکھی اور سر کو ایک بار پھر اثبات میں جنبش دی۔

"ارے بھئی بیگم!" انھوں نے آواز لگائی۔

"جی! کیا بات؟" بیگم کچن سے بولیں۔

"ذرا ہم آتے ہیں ابھی باہر سے ہو کر۔"

"کہاں جا رہے ہیں؟"

"بھئی کہیں نہیں۔۔۔ بس یوں ہی باہر نکل رہے ہیں، آ جائیں گے ابھی تھوڑی دیر میں۔"

"اچھا ٹھیک ہے۔"

وہ جن لوگوں سے دور بھاگتے تھے، بدکتے تھے، سیدھے انھی کے الیکشن آفس پہنچے۔ خاصی گہما گہمی تھی۔ لڑکے ٹکڑیوں میں بٹے چائے سگریٹ پی رہے تھے۔ گھڑی

بھر کو وہ ہچکچائے پھر آگے بڑھے۔ دو تین لڑکوں نے جو انھی کی گلی محلے کے تھے، انھیں سلام کیا۔

"وعلیکم السلام! ہاں میاں کیسے ہو؟ کیا خبریں ہیں؟"

"زبردست سر! زبردست۔ خبریں اوکے ہیں۔" ایک لڑکے نے چہک کر جواب دیا۔

"آپ اندر چلیں نا سر! بابو بھائی اندر بیٹھے ہیں۔"

"ہاں ہاں، کیوں نہیں میاں! آؤ بتاؤ کہاں ہیں بابو بھائی؟" حالانکہ وہ بالکل نہیں جانتے تھے کہ بابو بھائی کون ذاتِ شریف ہیں، بس اتنا دھیان تھا کہ صبح اس کھڑ تل نوجوان نے ایک ادھیڑ عمر آدمی کے کاندھے پر ہاتھ مار کر بابو بھائی کہا تھا۔ لڑکا انھیں لے کر اندر بڑے سے کمرے میں داخل ہوا۔ کمرہ سگریٹ کے دُھویں سے بھرا ہوا تھا۔ شور شرابا بھی بہت تھا۔

"بابو بھائی! سر آئے ہیں۔" لڑکا ایک میز کے سامنے جا کر رک گیا۔

"آیئے سر آیئے۔ زہے نصیب، آپ تشریف لائے۔ حکم کیجیے کیا خدمت کروں؟" پکی عمر کا ایک آدمی کرسی سے اٹھ کر ان کی طرف بڑھا۔

"ارے نہیں میاں، حکم وکم کیا۔ ہم تو بس یہ معلوم کرنے آئے تھے کہ کیا خبریں ہیں؟"

"سر! آپ کی دعا سے سب اچھی خبریں ہیں۔ ہم تو بس یہ دیکھنے کے لیے بیٹھے ہیں کہ کہاں کتنے کی لیڈ مل رہی ہے؟"

"ہاں ہاں، بھئی ہم بھی تو یہی پوچھ رہے ہیں، ورنہ یہ تو ہمیں بھی یقین ہے کہ پالا اپنے ہی ہاتھ رہے گا۔" انھوں نے مسکراتے ہوئے کہا۔

"بالکل سر! آپ جیسے لوگ جب ساتھ ہیں تو پھر ہمیں کون روک سکتا ہے؟"

"اچھا تو پھر ابھی کوئی خبر نہیں ہے؟"

"نہیں سر ابھی نہیں ہے۔ آپ بے فکر ہو کر گھر جائیں، سب خبریں پہنچا دیں گے ہم آپ کو۔"

"اچھا میاں! ٹھیک ہے، پھر ہم انتظار کریں گے۔ اب چلتے ہیں۔"

"بیٹھیں سر! چائے تو پی لیں۔"

"نہیں میاں! چائے پی لی تو بھوک ختم ہو جائے گی اور کھانا نہ کھایا تو تمھاری بھابی خفا ہوں گی۔" انھوں نے قہقہہ لگایا پھر بولے، "اور چائے کا کیا تکلف۔۔۔ یہ تو مٹھائی کھلانے کا موقع ہے۔"

"ہاں سر کیوں نہیں، کیوں نہیں۔ کل مٹھائی بھی کھلائیں گے۔"

"ہاں میاں! تم بھی کھلانا۔۔۔ لیکن پہلے ہم کھلائیں گے۔ سارا اسکور اکٹھا کر کے لاؤ اور آ کر مٹھائی کھا لو، ٹھیک ہے۔ لو اب ہم چلتے ہیں۔"

مصافحہ کر کے پروفیسر صاحب چل دیے۔ دھیرے دھیرے چلتے ہوئے الیکشن آفس سے باہر نکلے۔ راستے میں کئی اور لوگوں نے سلام کیا، پروفیسر صاحب نے سب کو مسکرا مسکر اکر جواب دیا۔ اب وہ اپنے گھر کی طرف جا رہے تھے۔ بلا ٹل گئی۔ اب ان کے پاؤں تلے اطمینان کی ٹھوس زمین تھی لیکن انھیں لگ رہا تھا جیسے ہر ہر قدم پر وہ نیچے اور نیچے۔۔۔ پاتال میں لڑھکتے چلے جا رہے ہیں۔

***

یخ رات کا ایک ٹکڑا

تو عزیزو، میں تمھیں اس یخ رات کا واقعہ سنا رہا ہوں جو برسوں بلکہ دہائیوں سے میری یادوں کی کٹھالی میں پڑی ہے اور اس کی ٹھنڈک آج بھی میری ریڑھ کی ہڈیوں میں سرسراتی ہے، بلکہ ٹھنڈک ہی نہیں، اس کا گاڑھا دودھیا دُھواں جس میں ایک خوش بو بھی شامل ہے، آج بھی میرے سینے میں بھرا ہوا ہے۔ لیکن سب سے پہلے میں تمھیں یہ بتا دوں کہ جو کچھ میں سنا رہا ہوں، یہ حرف بہ حرف سچا واقعہ ہے اور میں خود اس واقعے کا ایک کردار ہوں۔ اگرچہ اس واقعے میں میری حیثیت بہت معمولی ہے، لیکن اس کے بڑے بڑے اور غیر معمولی کرداروں کو میں نے بہت قریب سے دیکھا ہے اور میں ان کے بارے میں بہت کچھ جانتا ہوں اور بتا سکتا ہوں۔ یہ کردار عجیب ہیں اور ان کی واردات بھی۔ اور آج میں تم سے یہی واردات بیان کرنے بیٹھا ہوں۔

جیسا کہ میں نے ابھی کہا، یہ ایک سچا واقعہ ہے۔ مجھے من گھڑت باتیں بنانے اور کہانیاں سنانے کا کوئی شوق نہیں ہے۔ اس کی وجہ بھی صاف صاف بتائے دیتا ہوں۔ اصل میں میرے ساتھ ماجرا یہ گزرا کہ میں نے اپنا پورا بچپن کہانیاں سنتے اور جوانی کہانیاں پڑھتے اور اس سے آگے کی عمر کہانیاں دیکھتے ہوئے گزاری ہے۔ اس کا نتیجہ یہ ہوا کہ میں کچھ کرداروں سے بہت مانوس ہو گیا، یہاں تک کہ ان میں سے بعض کو اپنے بہت قریب محسوس کرنے لگا، اتنا کہ وہ کبھی کبھی مجھے اپنے بالکل آس پاس محسوس ہوتے اور یہ خیال گزرتا، جیسے وہ کسی بھی وقت میرے سامنے آجائیں گے اور مجھے وہ ساری باتیں بتانے

لگیں گے، جن میں سے کچھ میں پہلے سے جانتا ہوں اور جو نہیں جانتا، ان کو جاننے کی تڑپ دل میں لیے پھرتا ہوں۔ لیکن ایسا کبھی نہیں ہو سکا۔ اس انتظار میں میرا بہت سا وقت خراب ہو گیا۔ بس اسی وجہ سے مجھے قصہ سازوں اور کہانی بازوں سے چڑ ہو گئی۔

خیر، اگر بات صرف اتنی ہوتی تو بھی کچھ دن بعد میں اس مسئلے کو ذہن سے جھٹک دیتا اور میرا غصہ ختم ہو جاتا، لیکن میں نے اچانک محسوس کرنا شروع کیا کہ یہ قصہ بازی کرنے والے بہت بکواسی اور نامعقول لوگ ہوتے ہیں۔ انھیں لت پڑی ہوتی ہے اس دنیا کو اور اس کے لوگوں کو الٹا سیدھا کر کے دیکھنے کی۔ اسی لیے یہ جیتے جاگتے لوگوں کو کردار بنا کر ان کے ساتھ کھلواڑ کرتے رہتے ہیں۔

میں نے اکثر کہانیوں میں دیکھا کہ زندگی ہی کی طرح ان میں بھی بڑی بے حسی کے ساتھ وہ لوگ عزت دار بن کر بڑے مقام پر آن بیٹھے یا پھر ان کو لا کر بٹھا دیا گیا جو خود اپنے دلال تھے اور ضمیروں کا بیوپار کرتے تھے۔ اسی طرح بعض کہانیوں میں پوری سفاکی کے ساتھ وہ مرد مار دیے گئے جنھیں زندہ رہنا چاہیے تھا اور پوری ڈھٹائی کے ساتھ وہ عورتیں ستی ساوتری بن گئیں یا پھر بنا دی گئیں جو اندر سے گندگی میں سَنی ہوئی تھیں۔ یہی نہیں بلکہ یہ بھی ہوا کہ ایسی ایسی عورتوں کو بازار کی رونق کر دیا گیا جن کے دل حقیقت میں پارسائی کی دولت سے مالا مال تھے اور وہ جنھیں اپنے جسم کی لذت سے اتنا بھی سروکار نہیں تھا جتنا پر جھٹکتے پرندے کو اپنے پروں سے جھڑنے والی گرد سے ہوتا ہے۔ میں پورے یقین سے کہہ سکتا ہوں کہ بازار میں ہوتے ہوئے بھی وہ عورتیں بازاری ہو ہی نہیں سکتی تھیں۔ میں یہ بات مانتا ہوں، خدا کی بنائی ہوئی اس کائنات میں اس کے پیدا کیے ہوئے لوگوں کی تقدیر اسی کے ہاتھ میں ہے، وہ ان کے نصیب میں جو چاہتا ہے، وہی لکھتا ہے اور آئندہ بھی وہی لکھتا رہے گا۔ میں اس کی مشیت کے رازوں کو نہیں جانتا، جان ہی نہیں

سکتا مگر مانتا بہر حال ہوں۔

اس لیے میں خدا اور اس کے بندوں اور ان کی دنیا کے بارے میں کچھ نہیں کہتا۔ البتہ یہ سوال ضرور کرتا ہوں کہ جن کرداروں کی قسمت کسی قصہ گو کے ہاتھ میں ہوتی ہے، وہ آخر ان کے ساتھ خدا جیسی بے نیازی کا معاملہ کیوں کرتا ہے؟ وہ خود انسان ہے تو پھر اسے انسانوں کے دکھ درد کا احساس بھی ضرور ہونا چاہیے۔ اگر اسے احساس ہوتا ہے تو پھر وہ یہ کھلواڑ کیوں کرتا ہے؟ کیا واقعی طاقت اور اختیار انسان کو بھی بے نیازی سکھا دیتے ہیں؟ کاش میں کہانی کار ہوتا۔ اگر واقعی ہوتا تو خدا کی اس دُکھ بھری بستی کے سامنے، اس کے پیچھے یا دائیں یا پھر بائیں خوش قسمت اور خوش حال لوگوں کی بہت سی نہ سہی، کم سے کم ایک ہنستی مسکراتی دنیا ضرور آباد کرتا۔ افسوس، کہانی کہنا مجھے نہیں آتا۔ کہانی کہنا تو دور کی بات ہے، مجھے تو ایک کردار تک سوچنا نہیں آتا، حتیٰ کہ خود اپنا کردار بھی نہیں۔ اگر وہی آ گیا ہوتا تو میں کم سے کم چھوٹی موٹی ہی سہی مگر ایک اچھی دنیا ضرور بناتا اور ایک کردار کی کہانی ضرور لکھتا۔

اگر میں کہانی لکھتا تو وہ کہاں سے اور کیسے شروع ہوتی، اس کی بابت میں کچھ ٹھیک سے نہیں کہہ سکتا۔ ممکن ہے کہ وہ جاڑوں کی اسی رات سے شروع ہوتی جس کا میں نے ابھی ذکر کیا۔ اس کہانی کو میں اس یخ رات کے ایک منجمد ہو جانے والے ٹکڑے کی طرح تم لوگوں کے آگے لا رکھتا۔ اس لیے کہ اس پوری رات اور آگے چل کر اس کی کوکھ سے پھوٹتے سارے بڑے بڑے واقعات کو ایک ہی قصے میں سمیٹنا شاید کسی ماہر قصہ گو کے بس میں بھی نہ ہوتا۔ اس لیے کہ مجھے آج تک یوں محسوس ہوتا ہے کہ وہ جو ایک یخ رات بہت برس پہلے یا شاید ایک صدی پہلے یا شاید اس سے بھی کچھ اور پہلے اس پھولوں والی کوٹھی میں اتری تھی اور پھر ہمیشہ کے لیے وہیں ٹھہر گئی تھی، اس کا وہ ایک ٹکڑا جو دھویں

اور خوش بو میں لپٹا ہوا تھا، منجمد ہو کر پھولوں والی کوٹھی کی تقدیر بن گیا تھا۔ یہ رات وہاں کیوں اتری تھی، میں نہیں جانتا۔ ہاں، میں نے اس کو وہاں ٹھہرتے ہوئے اپنی آنکھوں سے دیکھا۔ اس وقت میری بینائی اچھی تھی، اتنی اچھی کہ میں اس دھواں بھرے اندھیرے کمرے میں مشرقی دیوار کے ساتھ لگی چارپائی کو صاف دیکھ سکتا تھا۔ چارپائی پر خالہ فہمی لیٹی ہوئی تھیں۔ خالہ فہمیدہ کو ڈیوڑھی کے سارے گھروں میں فہمی پکارا جاتا اور سارے بچے انھیں خالہ فہمی کہتے تھے۔ ایک صرف میرے نانا تھے جو ہمیشہ انھیں پورے نام سے پکارتے تھے۔

نانا اسکول ماسٹر تھے۔ میں نے تو خیر انھیں کبھی اسکول جاتے نہیں دیکھا، وہ بہت پہلے ریٹائر ہو گئے تھے۔ البتہ میری ماں اور نانی نے بتایا تھا کہ وہ اسکول ماسٹر تھے۔ وہ اکثر ان کی باتیں کرتیں اور بتایا کرتیں کہ انھوں نے بمبئی، بڑودہ اور کرنال کے مختلف سرکاری اسکولوں میں پڑھایا تھا۔ جب پاکستان بنا تو وہ لاہور آ گئے۔ یہاں انھیں شاہدرہ کے ایک اسکول میں لگا دیا گیا تھا جہاں کئی سال تک وہ ہیڈ ماسٹر رہے۔ شاہدرہ اب تو لاہور ہی کا حصہ بن چکا ہے۔ بمبئی، کراچی اور دلّی کی طرح شہر لاہور نے بھی خود کو دُور دُور تک پھیلا لیا ہے۔ ماں کہتی ہے، شاہدرہ اس وقت لاہور کی ایک مضافاتی بستی تھی، بہت کم آبادی والی ایک پر سکون جگہ۔ نانی نے بتایا تھا کہ پاکستان بننے کے بعد وہ لوگ کچھ عرصے مہاجر کیمپ میں رہے۔ اس کے بعد بھگوان پورہ جسے اب بہت لوگ اسلام پورہ کہتے ہیں، میں ایک چھوٹا سا مکان رہنے کو مل گیا۔ نانا وہاں سے روزانہ سائیکل پر شاہدرہ جاتے اور ڈھلتی شام کے ساتھ گھر واپس آ جاتے۔

ایک دن آکر انھوں نے نانی سے کہا کہ گھر کا سامان سمیٹ لیں اور پھر دو دن بعد وہ سب شاہدرہ منتقل ہو گئے، جہاں انھیں ایک کشادہ مکان مل گیا تھا۔ میں بہت چھوٹا رہا

ہوں گا، جب اس مکان میں ماں کے ساتھ گیا تھا۔ اس کا نقشہ میرے حافظے میں آج بھی پوری طرح محفوظ ہے۔ اس کا لکڑی کا دروازہ کچھ زیادہ بڑا نہیں تھا اور اندر کی طرف ایک نیم تاریک گلی میں کھلتا تھا۔ گلی شاید پندرہ بیس گز کی رہی ہو گی۔ اس سے آگے بہت کشادہ صحن تھا، جس کے جنوبی رخ پر غسل خانہ تھا اور آگے دو کمرے تھے جن میں سے ایک بیٹھک کے طور پر استعمال ہوتا تھا اور دوسرا شاید پہلے مہمانوں کے لیے تھا مگر بعد میں نانا اسی کمرے میں اٹھ آئے تھے۔ شمالی رخ پر دو بڑے بڑے کمرے تھے جو گھر والوں کے استعمال میں تھے۔ صحن کے مشرقی و مغربی دونوں کناروں پر چوڑی چوڑی کیاریاں تھیں۔ ان میں امرود اور مالٹے کے پیڑ، چنبیلی، سدا بہار، گلاب، گیندے اور رات کی رانی کے پودے تھے۔ مغربی کیاری کے اس کونے پر جہاں کمرے بنے ہوئے تھے، کدو کی بیل تھی جو برآمدے میں بنے زینے کے ساتھ اوپر چھت تک چلی گئی تھی۔ مکان کے کمرے کشادہ اور ان کی چھتیں بہت اونچی تھیں۔ شمالی رخ کے کمروں کے برآمدے کے حاشیے سے زینہ اوپر جاتا تھا جو دونوں کمروں کی جڑواں چھت پر کھلتا تھا۔ چھت پر مردانہ قد سے ذرا اوپر تک اٹھی چار دیواری کھنچی ہوئی تھی جس میں صحن کے رخ پر چوڑے پٹ کا دریچہ تھا۔ میں نے اس دریچے کو کبھی کھلا ہوا نہیں دیکھا۔ اس کی کنڈی پر بھی گرد اور زنگ کی ملی جلی سی تہ جمی ہوئی تھی جو بتاتی تھی کہ مکینوں کو اسے کھولنے کی ضرورت ہی نہیں پڑتی۔ اسی لیے جب میں نے خالہ فہمی کے واقعے کا سنا تو مجھے بہت حیرانی ہوئی کہ آخر وہاں وہ واقعہ کیسے ہوا۔ لیکن کہنے والے تو یہی کہتے تھے کہ واقعہ وہیں ہوا تھا۔

خیر، یہ تو بعد کی بات ہے۔ میں بتا رہا تھا کہ اس رات مشرقی دیوار کے ساتھ لگی چارپائی کو میں اس دھواں بھرے کمرے میں صاف دیکھ سکتا تھا۔ چارپائی پر خالہ فہمی بالکل سیدھی لیٹی تھیں۔ وہ پاؤں سے کاندھوں تک نیلے سفید خانوں والا اونی کھیس

اوڑھے ہوئے تھیں۔ آنکھیں بند تھیں، لیکن میں جب بھی ان کے چہرے پر نظر ڈالتا تو مجھے یوں لگتا جیسے ان کی پلکیں ذرا کی ذرا لرزتی اور پھر ساکت ہو جاتی ہیں۔ ان کی سانس کبھی کبھی کھنچ کے آنے لگتی، لیکن پھر جلد ہی ہموار ہو جاتی۔ ویسے آج وہ بہت بہتر نظر آ رہی تھیں اور دو دن سے تو ان کی آواز بھی نہیں بدلی تھی اور انھیں جھٹکے بھی نہیں لگ رہے تھے۔ اس وقت ان کی چارپائی کے پاس سرہانے کی طرف ابو اور پائینتی کی طرف جھولے ماموں بیٹھے تھے۔

جھولے ماموں خالہ فہمی کے سب سے چھوٹے بھائی یعنی میرے چھوٹے ماموں تھے۔ وہ اس وقت کالج میں پڑھا کرتے تھے۔ ہفتے کے ہفتے چھٹی کے دو دن وہ اپنی آپا یعنی میری ماں کے پاس گزارنے آجایا کرتے۔ ان دنوں وہ ڈیوڑھی کے سارے بچوں کو ساتھ لے کر گھمانے اور جھولے دلانے جاتے تھے۔ گھر میں بھی بچوں کو ٹانگوں پر بٹھا کر اکثر جھولے دلاتے تھے۔ اس لیے سب بچے انھیں جھولے ماموں پکارتے تھے۔ جھولے ماموں اپنی دونوں بہنوں یعنی میری ماں اور خالہ فہمی سے بہت لاڈ کرتے تھے اور وہ دونوں بھی ان پر جان چھڑکتی تھیں۔ جب سے خالہ فہمی علاج کے لیے پھولوں والی کوٹھی آئی تھیں، وہ بھی ساتھ ہی اٹھ آئے تھے اور تب سے یہیں تھے۔ اس وقت وہ خالہ فہمی کی پائینتی آلتی پالتی مارے بیٹھے تھے۔ ابو نے ایک گھٹنا کھڑا کیا ہوا تھا اور اس پر ٹھوڑی ٹکائے دیر سے زمین پر نظریں جمائے ہوئے تھے۔ میں نے کئی بار ان کی طرف دیکھا، وہ مسلسل اسی طرح بیٹھے تھے، شاید کسی گہری سوچ میں تھے۔ میں ان کے دائیں طرف کچھ فاصلے پر تھا۔ میرے آگے بڑا سا تسلا رکھا تھا، تسلے میں وہی چھوٹی انگیٹھی روشن تھی جو پہلے جاڑے کے دنوں میں جب دادی اماں زندہ تھیں تو ان کے کمرے میں رکھی رہتی تھی۔ انگیٹھی کے دوسری طرف عامل صاحب بیٹھے تھے۔ انھوں نے دونوں بازو سیدھے تان

کر گھٹنوں پر دھرے ہوئے تھے۔ بائیں ہاتھ کی مٹھی سختی سے بند تھی۔ دائیں ہاتھ کا انگوٹھا انگشت شہادت پر تھا اور باقی انگلیاں بند تھیں۔ وہ آنکھیں موندے تیز تیز کچھ پڑھ رہے تھے۔

میں نے ایک بار پھر کمرے میں نظر دوڑائی۔ روشنی گُل تھی، صرف انگیٹھی کمرے کی تاریکی کو سہار رہی تھی۔ کمرے میں دھواں بھرا ہوا تھا لیکن اس میں ایک خوش بو بھی تھی جس کی وجہ سے دم نہیں گھٹ رہا تھا۔ چھت کے قریب بنے روشن دان میں سے رِس رِس کے دھواں باہر جا رہا تھا۔ میری نگاہیں پلٹیں اور خالہ فہمی کے چہرے پر رکیں۔ تب مجھے لگا ان کی پلکیں مسلسل تیزی سے لرز رہی ہیں اور گردن میں تناؤ پیدا ہو رہا ہے اور جیسے وہ سر اٹھا رہی ہیں۔ میں نے انھیں دو ایک بار دورہ ہونے سے پہلے کی کیفیت میں دیکھا تھا۔ اس وقت ان پر کچھ ایسی ہی کیفیت محسوس ہو رہی تھی۔ میں نے گھبرا کے ابو کی طرف دیکھا اور انھیں خالہ کی طرف متوجہ کرنا چاہا۔ وہ اسی طرح ٹھوڑی گھٹنے پر ٹکائے زمین کو گھور رہے تھے۔ میری نظریں عامل صاحب کی طرف لپکیں عین اسی لمحے عامل صاحب گونج دار آواز میں دھاڑے، "آ پہنچے آنے والے!" جواب میں غوں، غوں، خرا جیسی آواز خالہ فہمی کے گلے سے نکلی۔

عامل صاحب نے آنکھیں موندے موندے بایاں ہاتھ بلند کیا۔ میں سمجھ گیا، یہ اشارہ میرے لیے تھا۔ لہٰذا فوراً دی گئی ہدایت کے مطابق میں نے سیدھے ہاتھ کی مٹھی بنا کر انگوٹھا سامنے کیا اور نظریں اس پر جما لیں۔

"آ جاؤ آ جاؤ، تمھارا ہی انتظار تھا۔" عامل صاحب نے کہا۔

"خرررر خوں خا خا خا۔" خالہ فہمی پر آنے والوں نے جواب دیا۔

"ٹھیک ہے، بس اب فیصلے کی گھڑی آ گئی۔" عامل صاحب بولے۔

میری نگاہیں انگوٹھے کے ناخن پر جمی ہوئی تھیں جو ٹی وی اسکرین کی طرح روشن ہو چکا تھا اور اب اس پر مختلف مناظر گزر رہے تھے۔ کبھی لگتا رنگ برنگ بگولے رقص کر رہے ہیں، کبھی لگتا لق و دق صحرا ہے جو دور، آگے اپنے آخری سرے پر دھواں بن کر اٹھ رہا ہے اور آسمان سے ملتا چلا جا رہا ہے۔ کبھی سمندر دکھائی دیتا اور لگتا کہ پہاڑ جیسی لہر دوڑتی چلی آ رہی ہے اور کبھی لگتا چٹیل میدان ہے جس میں دھواں دھار بارش ہو رہی ہے۔ ان میں سے کوئی بھی شے مجھے ڈرا نہیں رہی تھی، بلکہ میں پورے سکون سے یہ سب دیکھ رہا تھا۔ اس لیے کہ عمل شروع ہونے سے پہلے عامل صاحب نے مجھے اچھی طرح سمجھا دیا تھا کہ کیا کیا ہو گا اور کس طرح ہو گا۔ انھوں نے کوٹھی کے سب بچوں میں سے میرا انتخاب یہ کہہ کر کیا تھا کہ یہ بچہ سمجھ دار بھی ہے اور بہادر بھی۔ اس معرکے میں یہی میرا ساتھ دے سکتا ہے۔ ویسے تو وہ پچھلی دو راتوں سے خالہ فہمی کا علاج کر رہے تھے اور اب سے پہلے ان کے ساتھ صرف جھولے ماموں کمرے میں خالہ فہمی کے پاس ہوتے تھے، لیکن آج مجھے اور ابو کو بھی بٹھا لیا گیا تھا۔ عامل صاحب کا کہنا تھا کہ آج خالہ فہمی پر آنے والے آسیب سے ان کا آخری معرکہ ہو گا۔ تو بس اب وہ مرحلہ آ چکا تھا۔

اس وقت میرا بہت جی چاہ رہا تھا کہ میں خالہ فہمی کو دیکھوں کہ انھیں دورہ تو نہیں ہو رہا، لیکن عامل صاحب نے سختی سے تاکید کی ہوئی تھی کہ عمل شروع ہونے کے بعد مجھے اپنے انگوٹھے کے ناخن اور انگیٹھی کی آگ کے سوا کسی طرف نگاہ نہیں اٹھانی۔ اس لیے میری نظریں ایک جگہ رکی ہوئی تھیں۔ ویسے تو مجھے بالکل خوف نہیں تھا، لیکن اچانک یہ لگا جیسے میری پیٹھ پر کچھ سرسرایا ہے اور برف جیسی ٹھنڈی لہر تیزی سے میری ریڑھ کی ہڈی میں دوڑتی چلی گئی۔ ذرا سی دیر میں لگا ماتھے پر پسینا ہے۔ میں نے دوسرے ہاتھ سے ماتھا پونچھا جو تر بہ تر تھا۔ مجھے جھرجھری آ گئی۔ پھر مجھے عامل صاحب کے الفاظ یاد آ گئے،

"یہ بچہ سمجھ دار بھی ہے اور بہادر بھی۔۔۔" میں نے دل ہی دل میں اپنی ہمت بندھائی اور انگوٹھے پر نظریں گاڑ دیں۔ وہاں اب ایک بڑا سا شعلہ رقص کر رہا تھا جو دائیں بائیں ڈول رہا تھا اور کبھی رک کر ایک دم گول گول گھومنے لگتا تھا، یہ بالکل وہی انداز تھا جیسے میں نے ایک بار داتا دربار پر ملنگوں کو رقص کرتے دیکھا تھا۔ وہ اسی طرح کبھی ایک جگہ کھڑے ہو کر دونوں ہاتھ آسمان کی طرف بلند کر کے دائیں بائیں ڈولتے اور کبھی دائرہ وار گھومنے لگتے تھے، بالکل اسی طرح جیسے ہم مٹی کے لٹو بنا کر گھماتے تھے جو گول گول گھومتے ہوئے خود ہی دائیں بائیں ڈولنے لگتے اور پھر گر جاتے تھے۔

خالہ فہمی کی گہری گہری سانسوں کی آواز رہ رہ کر آ رہی تھی۔ عامل صاحب تیزی سے کچھ پڑھ رہے تھے لیکن ان کی آواز اتنی کم تھی کہ کچھ سمجھ نہیں آ رہا تھا۔ تھوڑی تھوڑی دیر میں ایک لفظ 'ہو' سنائی دیتا تھا جو بلند آواز میں وہ ایک جھٹکے سے کہتے تھے۔ میرے انگوٹھے کے ناخن پر شعلے کا رقص بدستور جاری تھا۔ یکایک عامل صاحب کی 'ہو' جلدی جلدی سنائی دینے لگی۔ پھر انھوں نے کچھ اٹھا کر انگیٹھی میں ڈالا جس سے ایک بار پھر تیزی سے دُھواں اٹھنے لگا اور کمرے میں خوش بو پھیل گئی۔ تب انھوں نے گونج دار نعرے کی آواز میں 'یا ہو' کہا اور اس کے ساتھ ہی مجھے محسوس ہوا جیسے چھوٹی چھوٹی کنکریاں میرے سر، ماتھے، چہرے، سینے اور ہاتھ پر آ کر لگیں۔ میں ایک لمحے کے لیے ہلا لیکن پھر سنبھل گیا۔

"بس اب تیرا کھیل ختم!" عامل صاحب کی آواز آئی۔

جواباً خالہ فہمی نے گہری سانس لی۔

"بس میں نے کہہ دیا، اب تیرا کھیل ختم۔"

خالہ فہمی نے پھر گہری سانس لی۔

"میں تجھے پھونک ڈالوں گا، بھسم کر دوں گا۔" عامل صاحب نے سخت غصے سے کہا۔

"ہاہاہا۔ ہاہاہاہا۔ ہاہاہاہاہا!" اس بار خالہ فہمی نے عامل صاحب جیسی گونج دار مردانہ آواز میں قہقہہ لگایا۔

میری ٹانگیں کانپنے لگیں۔ میں نے دو بار اس سے پہلے بھی انھیں دورے کی حالت میں دیکھا تھا۔ اس وقت ان کی آنکھیں سختی سے مچی ہوتیں اور وہ اسی طرح رعب دار مردانہ آواز میں باتیں کرتی اور قہقہے لگاتی تھیں۔ ان کا چہرہ بالکل سفید پڑ جاتا، ہونٹ کاسنی ہو جاتے، گردن کبھی سختی سے تن جاتی اور سر تکیے سے اٹھ کر ہوا میں معلق ہو جاتا۔ کبھی وہ تکیے پر رکھے سر کو تیزی سے دائیں بائیں زور زور سے پٹخنے لگتیں اور ان کے بال چہرے پر بکھر جاتے۔ تب ایسا لگتا جیسے وہ عورت نہیں سچ مچ کوئی بلا ہیں، ویسی ہی جیسی پھوپھی اماں کی کہانیوں میں پہلوٹھی کے بچے کو اٹھا کر لے جانے کے لیے آتی تھی۔

اس وقت میری آنکھیں تو اپنے انگوٹھے پر تھیں، لیکن دھیان خالہ فہمی کی طرف لگا ہوا تھا اور میرے ذہن میں ان کی دورے والی شبیہیں بن رہی تھیں۔ اچانک میں نے انگوٹھے پر غور کیا تو وہاں شعلہ اب کچھ اس طرح ناچ رہا تھا جیسے داتا دربار کے ملنگ دونوں ہاتھ آسمان کی طرف بلند کر کے سر کو آگے پیچھے جھٹکتے ہوئے ناچتے ہیں۔ عامل صاحب نے ایک بار پھر انگیٹھی میں دھواں اٹھانے والی کوئی چیز ڈالی اور چھوٹی چھوٹی کنکریاں اچھال دیں۔ اب میں سمجھ گیا کہ یہ ماش کی دال کے دانے تھے جو انھوں نے عمل شروع کرنے سے پہلے ایک سینی میں اپنے پاس رکھ لیے تھے۔

"جلا کر راکھ کر دوں گا، چھوڑوں گا نہیں تجھے۔" انھوں نے جلالی آواز میں کہا۔

"یہ لڑکی ختم ہو جائے گی بس، اور کچھ نہیں ہو گا۔ ہاہاہاہا!" خالہ فہمی نے اتنی ہی بلند آواز میں جواب دیا۔

"تو اس کا بال بھی بیکا نہیں کر سکتا۔ میں تجھے چٹکی میں مسل کے پھینک دوں گا۔"

"ہاہاہا۔ ہاہاہاہا، لے دیکھ ہم کیا کر سکتے ہیں۔" خالہ فہمی نے جھلّا کے فوراً جواب دیا اور اس کے ساتھ ہی بستر پر مچھلی کی طرح تڑپنے اور اچھل اچھل کر ایسے گرنے لگیں جیسے کوئی انھیں اٹھا اٹھا کر پٹخ رہا ہو۔ سرہانے کی طرف بیٹھے ہوئے ابو نے ان کا ہاتھ تھام کر روکنا چاہا تو انھوں نے اتنی زور سے ان کا ہاتھ جھٹکا کہ وہ خود ہل گئے۔ جھولے ماموں نے ان کی ٹانگ پر ہاتھ رکھا تو اتنی زور سے انھیں ٹانگ پڑی کہ وہ عامل صاحب سے آ ٹکرائے۔

"ٹھہر خبیث، خنزیر! مزہ چکھاتا ہوں میں تجھے۔" عامل صاحب دھاڑے اور تیز تیز کچھ پڑھنے لگے۔ اسی دوران انھوں نے ماش کی دال کی مٹھی بھر کے خالہ پر اچھالی۔ خالہ کو ایک دم قرار آ گیا اور وہ بے سدھ بستر پر ڈھیر ہو گئیں اور تیز تیز سانسیں لینے لگیں۔

"ختم کر دوں گا میں تجھے، بھسم کر دوں گا۔" عامل صاحب پھنکارے۔

یہ سنتے ہی خالہ کو جیسے ایک دفعہ پھر بجلی کا جھٹکا لگا اور وہ پہلے سے زیادہ شدت سے اچھل اچھل کر گرنے لگیں۔ میرا دل تو جیسے اب حلق میں آ گیا تھا۔ پورے جسم پر لرزہ طاری تھا۔ تب میں نے پریشانی اور دکھ کے ساتھ سوچا کہ عامل صاحب خالہ فہمی کو نہیں بچا پائیں گے۔ وہ لوگ انھیں واقعی ختم کر دیں گے۔ میرا دل بھر آیا۔ آنکھوں کے آگے اندھیرا آ گیا۔ جی چاہا اٹھ کر خالہ سے لپٹ جاؤں لیکن ہمت نہ ہوئی۔ پاؤں جیسے زمین میں گڑے ہوئے تھے۔

"تم کیوں اس غریب کی جان کے دشمن ہو گئے؟ جان بخشی کر دو اس کی۔ چھوڑ دو اس کا پیچھا، چھوڑ دو۔" عامل صاحب نے کہا۔ ان کی آواز میں اس بار غصّے کے بجائے مصالحت تھی۔

"نہیں، اس طرح نہیں۔" خالہ فہمی نے اسی طرح تڑپتے ہوئے کہا۔

"پھر کس طرح؟ کیا چاہتے ہو تم؟" عامل صاحب نے ایک بار پھر بلند آواز میں پوچھا۔

"ہمیں نذرانہ چاہیے اور آئندہ کی ضمانت۔" خالہ فہمی نے جواب دیا۔

"کیا نذرانہ چاہتے ہو اور کیسی ضمانت؟" عامل صاحب نے پوچھا۔

"دو کالے بکرے اسی درخت کے تنے کے پاس ذبح کیے جائیں جہاں یہ ہمارے پاس آئی تھی۔ اور یہ آئندہ کبھی منہ اندھیرے اور دن چھپے اس درخت کے نیچے نہ جائے۔" خالہ فہمی کا لہجہ اور آواز مجھے اس وقت بالکل اپنے اسکول کے پی ٹی ماسٹر صاحب جیسا لگ رہا تھا۔

"نذرانہ دے دیا جائے گا اور یہ بھی اس درخت کے نیچے آئندہ نہیں جائے گی۔ بس ختم کرو بات۔"

"یہ چالیس دن تک کوئی خوش بو، مسی، دنداسا اور کاجل استعمال نہیں کرے گی۔"

"منظور ہے، تم اب اس کی جان چھوڑ دو۔" عامل صاحب پوری طرح مصالحت پر اتر آئے تھے۔

"اس کی سپرداری کون لے گا؟" خالہ فہمی نے پوچھا۔ اب انھیں بہت حد تک قرار آگیا تھا۔ جھولے ماموں نے اٹھ کر ان کے اوپر چادر ڈالی اور پھر اپنی جگہ پر اسی طرح آلتی پالتی مار کے بیٹھ گئے۔

"اس کا بھائی یہاں بیٹھا ہے، یہ ہے اس کا سپردار۔" عامل صاحب نے کہا اور جھولے ماموں کو آگے خالہ فہمی کے قریب آنے کا اشارہ کیا۔

"نہیں، بھائی سپردار نہیں ہو سکتا، کسی اور کو لے کر آ۔" خالہ فہمی نے کہا۔

"ٹھیک ہے، یہ اس کا بہنوئی بھی ادھری ہے۔"

"بھائی بہنوئی کے سوا کوئی نہیں ہے اس کا دنیا میں؟" خالہ فہمی نے سختی سے ڈانٹا۔

عامل صاحب نے پہلے جھولے ماموں اور پھر ابو کی طرف دیکھا۔ ابو نے سر ہلایا اور دبے پاؤں اٹھ کر کمرے سے باہر چلے گئے۔

"ابھی آرہا ہے سپر دار۔" عامل صاحب نے بلند آواز میں کہا، "تم وعدہ کرو کہ آئندہ اسے کبھی نہیں ستاؤ گے، پھر کبھی اس پر نہیں آؤ گے۔"

"ہم نے کہہ دیا ہے نا کہ جارہے ہیں، تو بس سمجھ لے جارہے ہیں۔ دوبارہ نہیں آئیں گے، اگر اس نے عہد نہ توڑا۔ اور تجھے بھی منہ نہیں لگائیں گے۔" خالہ فہمی اسی طرح مردانہ آواز میں بول رہی تھیں، لیکن اب وہ غصے میں نہیں تھیں۔

دروازہ کھلا اور ابو کمرے میں داخل ہوئے، ان کے پیچھے پیچھے تایاجی بھی۔ میرا دھیان اب انگوٹھے سے زیادہ کمرے کی پوری صورتِ حال پر تھا۔ تایاجی میرے برابر آکے بیٹھے تو عامل صاحب بولے، "آگیا ہے سپر دار! یہ اس کی ضمانت لیتا ہے۔"

"کون ہے یہ؟" خالہ فہمی نے ڈپٹ کے پوچھا۔

"جھولے ماموں نے آگے ہو کر عامل صاحب کے کان میں کچھ کہا تو وہ بولے، "عزیز ہے اس کا مگر باپ، بھائی، بہنوئی نہیں ہے۔"

"نام پکار سپر دار کا۔" خالہ فہمی نے تحکم سے کہا۔

جھولے ماموں نے آہستہ سے عامل صاحب کو تایاجی کا نام بتایا تو انھوں نے فوراً پکار کر کہا، "کمال الدین۔۔۔"

عامل صاحب کی بات ابھی پوری بھی نہیں ہوئی تھی کہ خالہ فہمی گرج کر بولیں، "کمال الدین ولد حاجی جمال الدین!"

مجھے بہت حیرانی ہوئی۔ میں نے اپنے دادا کا نام گھر میں سنا تو تھا، لیکن خالہ فہمی۔ میرا مطلب ہے کہ ان پر آنے والے میرے دادا کا نام کیسے جانتے ہیں، وہ تو میرے ابو کی شادی سے بھی پہلے فوت ہو گئے تھے۔ میں حیرت سے خالہ کو دیکھ رہا تھا، جو اب سکون سے چادر اوڑھے لیٹی تھیں۔ میں نے دیکھا، ابو نے سر ہلا کر عامل صاحب کو دادا کے نام کی تصدیق کی۔

"ہاں کمال الدین ولد حاجی جمال الدین!" عامل صاحب نے جواب دیا۔

"کمال الدین ولد حاجی جمال الدین! تمھیں اس لڑکی کی سپرداری منظور ہے؟" خالہ فہمی نے بلند آواز میں پوچھا۔

تایا جی نے پہلے عامل صاحب کی طرف دیکھا، پھر جھولے ماموں کی طرف۔ دونوں نے سر ہلا کے اشارہ کیا تو انھوں نے کہا، "جی مجھے منظور ہے۔"

"ہم جانتے ہیں تم عہد دار آدمی ہو۔ بازو تھامو اس لڑکی کا اور اس کے سپردار بنو۔" خالہ فہمی نے کہا اور پھر ان کا داہنا ہاتھ چادر سے باہر نکل کر ہوا میں بلند ہو گیا۔

تایا جی نے ایک بار پھر تذبذب سے عامل صاحب اور جھولے ماموں کی طرف دیکھا۔ دونوں نے پھر گردن ہلائی، لیکن تایا جی اسی طرح اپنی جگہ بیٹھے رہے۔ ابو پہلے انھیں دیکھتے رہے، پھر انھوں نے قریب ہو کر ان کے کاندھے پر ہاتھ رکھا تو تایا جی جیسے چونکے۔ ابو نے انھیں چارپائی کی طرف جانے کا اشارہ کیا۔ تایا جی سرک کر چارپائی کے قریب ہوئے تو خالہ فہمی نے پھر بلند آواز میں کہا، "کمال الدین! اس لڑکی کے سپردار ہو تو اس کا ہاتھ تھام لو۔"

تایا جی نے پھر سوالیہ نظروں سے جھولے ماموں کی طرف دیکھا۔ انھوں نے سر ہلا کر ہاں کہا تو تایا جی نے سر جھکا لیا مگر اگلے ہی لمحے انھوں نے سر اٹھایا، خالہ فہمی کی طرف

دیکھا اور پھر داہنا ہاتھ بڑھا کر ان کی کلائی پکڑ لی۔ خالہ فہمی کو جیسے ایک دم تیز کرنٹ لگا، وہ پورے وجود سے ہل کر رہ گئیں۔ ان کے ہڑبڑا کر ہلنے سے تایا جی کی ان کی کلائی پر گرفت کم زور پڑی ہو گی مگر انھوں نے پل کی پل میں سنبھلتے ہوئے گرفت مضبوط کر لی۔ میرے دل میں خیال آیا کہ خالہ فہمی ان سے کلائی چھڑانے کی کوشش کریں گی، لیکن ایسا نہیں ہوا۔ خالہ اب بالکل پر سکون ہو کر لیٹی تھیں، بس ان کی سانس ناہموار تھی۔ کبھی کھینچ کر لمبی لمبی سانسیں لینے لگتیں اور کبھی تیز تیز۔ عامل صاحب اس وقت بلند آواز سے کچھ ورد کر رہے تھے۔ پھر انھوں نے میری طرف دیکھا اور انگوٹھے پر نظریں جمانے کو کہا، جس سے میرا دھیان بالکل ہٹ چکا تھا۔

میں ایک بار پھر اپنے انگوٹھے کا ناخن دیکھنے لگا۔ وہاں تو اب چٹیل میدان کا منظر تھا اور دور تک دھول اڑتی ہوئی نظر آ رہی تھی۔ عامل صاحب کا ورد کچھ دیر جاری رہا، پھر انھوں نے تین بار نعرہ لگاتے ہوئے 'حق ہو' کہا اور وہیں سے بیٹھے بیٹھے تین بار چھو کر کے خالہ فہمی پر دم کیا۔ میری طرف دیکھ کر بولے، "حال دے بچہ!" مجھے سمجھ نہ آیا کہ کیا کہہ رہے ہیں، میں نے سوالیہ نگاہوں سے دیکھا تو بولے، "تو کیا کہتا ہے؟ تیرے انگوٹھے کا پردہ کیا گواہی دیتا ہے؟"

میں نے انگوٹھے پر نظریں جمائیں اور جواب دیا، "لگ رہا ہے جیسے دھول اڑ رہی ہے۔"

"ہاں، دھول ہی تو اڑنی ہے اب، قافلہ جو روانہ ہو گیا ہے۔ چلے گئے ہیں جانے والے۔" پھر انھوں نے ایک نظر خالہ فہمی پر ڈالی، تایا جی کی طرف دیکھا، پھر جھولے ماموں کو اور آخر میں ابو کو دیکھ کر بولے، "مبارک ہو، خلاصی ہو گئی۔ نئی زندگی مبارک ہو بچی کی۔" عامل صاحب کے لہجے میں خوشی سے زیادہ فتح مندی کا اظہار تھا۔

جھولے ماموں جو گومگو کی کیفیت میں خالہ فہمی کو دیکھ رہے تھے، عامل صاحب کی طرف مڑے اور بولے، "میری بجیا بالکل ٹھیک ہوگئی ہے عامل صاحب؟ اب اسے کبھی دورہ۔۔۔ میرا مطلب ہے یہ اب بالکل ٹھیک۔۔۔" یہ کہتے کہتے ان کی آواز بھرا گئی اور وہ بولتے بولتے چپ ہو گئے۔ اگلے ہی لمحے ان کی آنکھوں سے موٹے موٹے موتی ڈھلنے لگے۔ میری آنکھیں بھی ایک دم بھر آئیں۔

ابو جو تھوڑے فاصلے پر بیٹھے تھے، کھسک کر ان کے قریب ہوئے اور ان کے کاندھے پر ہاتھ رکھا۔ جھولے ماموں نے دونوں ہاتھوں سے آنکھیں پونچھیں اور بولے، "دولھا بھائی! بجیا اب بالکل ٹھیک رہے گی نا۔" پھر خود ہی انھوں نے دو بار اثبات میں سر ہلایا اور بولے، "بڑی تکلیف اٹھائی ہے بچاری نے۔"

عامل صاحب جو خاموشی سے بیٹھے تھے یا شاید کچھ پڑھ رہے تھے، میری طرف متوجہ ہوئے، "ہاں کاکا بول، گزر گیا قافلہ۔ گرد بیٹھ گئی ہے؟"

میں نے انگوٹھا دیکھا، وہاں تو اب کچھ تھا ہی نہیں۔ "اب تو کچھ نظر ہی نہیں آرہا۔" میں نے انھیں بتایا۔

"جب کوئی ہے ہی نہیں تو نظر کیسے آئے گا۔ ختم ہو گیا سب کھیل۔ جا چکے ہیں جانے والے۔" انھوں نے فاتحانہ انداز میں کہا۔ پھر انھوں نے منہ ہی منہ میں کچھ پڑھا اور اٹھ کر خالہ فہمی پر پھونکا اور پھر میرے پاس آئے اور مجھ پر پھونکا۔ انھوں نے تایا جی کی طرف دیکھ کر گردن سے اشارہ کیا تو انھوں نے خالہ فہمی کا بازو اتنے آرام سے چارپائی پر رکھا جیسے وہ بہت نازک کانچ کی کوئی شے ہو۔

عامل صاحب میرے روبہ رو تھے۔ انھوں نے ہنس کر میری پیٹھ تھپتھپائی اور بولے، "شیر و بچہ ہے، شیرو!" مجھے اس وقت یوں لگ رہا تھا جیسے میں کسی بہت بڑے

معرکے کو سر کر کے لوٹا ہوں۔ کچھ عجیب سی کیفیت تھی، خوشی، حیرت اور بے یقینی سے مملو عجیب سی کیفیت۔ عامل صاحب نے پوچھا، "کوئی بوجھ تو نہیں لگ رہا کسی کندھے پر؟"

یک بہ یک مجھے لگا جیسے سخت بوجھ سے میرے دونوں کاندھے ڈھلکے جاتے ہیں۔ میں نے اثبات میں سر ہلایا تو انھوں نے پوچھا، "کس کندھے پر بوجھ ہے؟"

"دونوں طرف ہے اور بہت زیادہ ہے۔" میں نے جواب دیا۔

"اچھا" کہہ کر انھوں نے دونوں کاندھوں پر اپنے ہاتھ جمائے اور پھر کچھ پڑھ کر پہلے دائیں طرف پھونکا اور شانہ ٹھونکا اور پھر بائیں طرف۔ یہ عمل انھوں نے تین بار دہرایا۔ اس کے بعد میرے سر پر ہاتھ رکھ کے کچھ پڑھا اور سارے جسم پر دم کیا۔ پھر مجھ سے پوچھا، "اب بتا، ہٹ گیا بوجھ؟"

میں نے کاندھے اچکائے، لگا جیسے اب کچھ نہیں ہے۔ البتہ گردن میں پیچھے کی طرف درد کی ٹیس سی اٹھی۔ میں نے بتایا۔ انھوں نے داہنے ہاتھ کی انگلیوں پر کچھ پڑھ کے پھونکا اور ان انگلیوں کی پوریں نرمی سے میری گردن کے پچھلے حصے پر پھیریں۔ مجھے گدگدی سی ہوئی اور میں ہنس دیا۔ انھوں نے میرے ہنسنے پر کوئی دھیان نہ دیا، اپنا عمل کرتے رہے۔ پھر مجھ سے دائیں بائیں اور اوپر نیچے گردن گھمانے کو کہا۔ میں نے ایسا ہی کیا۔ تب انھوں نے درد کا پوچھا اور میں نے محسوس کیا کہ اب درد نہیں ہے۔ اس کے بعد وہ ابو سے مخاطب ہوئے، "بھائی غیاث الدین، اس گھر سے اب ہر بلا نکال کے پھینک دی ہے میں نے، آپ کی دعا سے۔"

"آپ نے بڑی مہربانی کی۔" ابو نے جواب دیا اور میری طرف دیکھ کر بولے، "تم بالکل ٹھیک ہو؟ کچھ محسوس تو نہیں ہو رہا؟"

مجھ سے پہلے عامل صاحب بولے، "نہیں اب کچھ محسوس نہیں ہوگا اس بچے کو، جو اس پر ٹک گیا تھا، اس کو بھی دیس نکالا دے دیا ہے میں نے۔" انھوں نے فاخرانہ انداز میں کہا اور پھر مجھ سے پوچھا، "بول کاکا، اب تو کہیں بوجھ یا تکلیف نہیں ہے؟"

میں خود کو بہت ہلکا پھلکا محسوس کر رہا تھا، اس لیے فوراً نفی میں گردن ہلا دی۔ تایا جی نے مسکرا کے میری طرف دیکھا اور دونوں بازوؤں میں بھر کے سینے سے لگایا اور میری پیشانی پر بوسہ دیا۔ ان کے اس لاڈ سے تو جیسے میں پھولے نہیں سما رہا تھا۔

جس ڈیوڑھی میں ہم لوگ رہتے تھے، اس میں چار گھر تھے۔ ایک تایا جی کا، دوسرا ہمارا، تیسرے گھر میں پھوپھی شیدو اپنے پانچ بچوں کے ساتھ رہتی تھیں۔ ان کے میاں مشرقی پاکستان میں تھے۔ پھوپھی حالات کی خرابی کی وجہ سے بچوں کو لے کر آگئی تھیں۔ پھوپھا وہیں اپنا خاندانی کاروبار دیکھ رہے تھے۔ ان کا کہنا تھا کہ حالات ٹھیک ہوگئے تو وہ بیوی بچوں کو واپس بلا لیں گے ورنہ کاروبار بیچ کر مغربی پاکستان چلے آئیں گے۔ چوتھے گھر میں پھوپھی آپا اکیلی رہتی تھیں۔ ان کا گھر دوسرے گھروں سے چھوٹا تھا۔ میں نے ایک بار اپنی ماں کو کہتے سنا تھا کہ پاکستان آتے ہوئے ان کے میاں شہید ہوگئے تھے۔ اس کے بعد انھوں نے شادی نہیں کی۔ ان کے اپنے بچے نہیں تھے، البتہ دو سگے بھائی تھے جو ہماری کوٹھی سے کچھ دُور ایک ہی مکان میں رہتے تھے۔ پھوپھی آپا، ان کے بجائے ہمارے ساتھ رہتی تھیں۔ گھر کے سب بڑے انھیں آپا بلاتے تھے اور سارے بچے پھوپھی آپا۔ پھوپھی شیدو اور پھوپھی آپا دونوں تایا جی سے بڑی تھیں اور ان کے سر بھی سفید ہوگئے تھے، پر میں نے ان میں سے کسی کو تایا جی یا اپنے ابو کا نام لیتے نہیں دیکھا تھا۔ تایا جی کو وہ اور ان کے ساتھ ساتھ میری ماں بھی بھائی صاحب پکارتیں اور میرے ابو کو وہ چھوٹے بھیا بلاتی تھیں۔ ابو بھی تایا جی کو بھائی صاحب ہی کہتے تھے، بلکہ دھیان پڑتا ہے کہ میں نے

جسے بھی دیکھا، تایا جی کو بھائی صاحب ہی بلاتے دیکھا۔ تایا جی تھے بھی دبنگ قسم کے آدمی۔ میں نے انھیں غصّے میں تو کبھی نہیں دیکھا لیکن وہ لیے دیے رہنے والے آدمی تھے۔ جب وہ شام کو اپنے دفتر سے واپس آتے اور کوٹھی کے احاطے میں قدم رکھتے تو بس اس کی فضا ہی بدل جاتی۔ وہ ہنستے، قہقہے بھی لگاتے اور ہم سب بچوں سے محبت سے پیش آتے تھے، لیکن ان کا رعب سب پر قائم تھا۔ اس رات جب انھوں نے میری طرف مسکرا کے دیکھا اور گود میں بھر لیا تو مجھے اپنی اہمیت کا اندازہ ہوا اور پنے آپ پر فخر ہونے لگا۔ تایا جی مجھے ذرا دیر گود میں لیے بیٹھے رہے، پھر انھوں نے ابو کی طرف دیکھا اور بولے، "بہت وقت ہو گیا، اٹھو اب تم لوگ کچھ اپنے کھانے کا کرو۔"

"جی بھائی صاحب!" ابو نے جواب دیا، پھر عامل صاحب کی طرف دیکھ کر بولے، "کھانا لگوالوں؟"

"ضرور لگوالیں بھائی غیاث الدین، اب تو کھانا حلال ہو گیا ہے میدان مارنے کے بعد۔" یہ کہہ کر عامل صاحب نے اپنی بھاری بھر کم آواز میں چھوٹا سا قہقہہ لگایا۔

مجھے گود میں لیے تایا جی اٹھے تو میں نے دیکھا کہ خالہ فہمی کی گردن کو ذرا سی جنبش ہوئی، پھر ان کی پلکیں لرزیں۔ میرے دل سے بے چینی کی لہر گزری کہ کہیں پھر خدانخواستہ۔۔۔ لیکن وہ اسی طرح اطمینان سے لیٹی رہیں۔ ابو بھی ہمارے ساتھ ہی اٹھ کر باہر آرہے تھے کہ جھولے ماموں نے ہاتھ پکڑ کر بٹھایا، "آپ بیٹھیے، میں کھانا چنوا کے آپ لوگوں کو بلاتا ہوں۔" یہ کہتے ہوئے وہ ہمارے پیچھے کمرے سے باہر آگئے۔

دالان سے گزر کے ہمارے گھر کے سامنے پہنچے تو تایا جی پہلے بلند آواز سے کھنکارے، یہ ان کا مخصوص انداز تھا۔ وہ اپنے گھر میں داخل ہونے سے پہلے بھی یوں ہی کھنکارتے اور پھر بچوں میں کسی کا نام پکارتے۔ اس وقت بھی انھوں نے آواز دی، "بنو!

کہاں ہو تم؟" وہ میری ماں کو بنّو بلاتے تھے۔ ماں "جی بھائی صاحب" کہتی اور سر پر آنچل درست کرتی ہوئی کمرے سے باہر آئیں۔

"بھئی تمھارے نواب نے تو آج کمال ہی کر دیا۔" انھوں نے میرے سر پر ہاتھ پھیرتے ہوئے کہا۔

"ایسا کیا کر آیا بھائی صاحب؟"

"ارے یہ پوچھو کیا نہیں کر آیا؟ بھئی اس نے بڑی بہادری سے اپنی خالہ کو عامل صاحب کے ساتھ مل کر ظالموں کے پنجے سے چھڑایا ہے۔"

"اچھا، ماشاء اللہ ماشاء اللہ۔ فہمی ٹھیک ہو جائے گی نا بھائی صاحب؟" ماں یہ پوچھتے ہوئے رو ہانسی ہو گئیں۔

"ہو کیا جائے گی۔ ہو گئی خدا کے فضل سے۔ عامل صاحب کہہ رہے تھے، بس اب نجات مل گئی اس لڑکی کو بلاؤں سے۔ اور اس میں تمھارے بیٹے کی بہادری اور محنت بھی شامل ہے۔"

ماں پھسک پھسک کے رونے لگیں۔

"اے بنو! تم تو بہادر لڑکی ہو اور بہادر بیٹے کی ماں بھی ہو تو پھر تم کیوں۔۔۔ اور اب تو اللہ کے کرم سے مسئلہ بھی ختم ہو گیا۔" انھوں نے آگے بڑھ کر ماں کے سر پر ہاتھ رکھا اور بولے، "کرم کر دیا اللہ نے۔"

ماں نے دوپٹے سے آنکھیں اور ناک پونچھی اور بھرائی ہوئی آواز میں 'جی' کہا۔

"اچھی بیٹی!" تایا جی نے ماں کا سر تھپکا اور بولے، "تمھاری بھابی یہاں ہیں یا سامنے؟ بھئی اب دسترخوان پر کھانا چن دو۔" وہ جانے کو ہوئے، لیکن پھر پلٹے، "اچھا لو، اب اپنے نواب کو سنبھالو۔" انھوں نے مجھے ماں کے پاس اتارا اور اپنے گھر کی طرف چل دیے۔

اس رات کے بعد تو گھر کی فضا ہی اور تھی۔ میں بچوں میں اپنی سیانپت بگھارتا اور رعب گانٹھتا پھرتا تھا کہ اس رات یہ ہوا اور یہ ہوا۔ بلکہ بچوں ہی میں کیا، بڑوں پہ بھی میری دھاک بیٹھ گئی تھی۔ ماں، خالہ فہمی، تائی جی، پھوپھی شیدو اور پھوپھی آپا۔ کون تھا جو مجھے دلارتا پچکارتا اور اس رات کا قصہ بار بار نہ سنتا تھا۔ میں اس رات ہونے والا سارا واقعہ پہلے لمحے سے، تایا جی کی ہاتھ پکڑ کر سپرداری کرنے تک ایک ماہر قصہ گو کے انداز میں سناتا تھا۔ سب یہ قصہ سنتے اور جیسے دانتوں تلے انگلیاں دبا لیتے۔ خالہ فہمی کا تو لاڈ ہی ختم نہیں ہو رہا تھا۔ وہ تو بس رہ رہ کر میری بلائیں لیتی اور مجھے اپنے سے لپٹاتی تھیں۔

کئی دن پوری کوٹھی اس داستانوی فضا میں رہی۔ ویسے تو یہ معمول ہی تھا کہ اپنے اپنے کام کاج سمیٹ کر کوٹھی کی خواتین ڈیوڑھی میں آ بیٹھتی تھیں، لیکن ان دنوں تو سب جیسے ایک ہی جگہ پر ہر وقت اکٹھے رہتے تھے۔ خالہ فہمی اور میں سب کی توجہ کا محور بنے ہوئے تھے۔ خالہ کی طبیعت اب بالکل ٹھیک تھی۔ انھیں دورہ ہوتا، نہ آواز بدلتی اور نہ ہی جھٹکے لگتے۔ اب وہ مسلسل نہائی دھوئی، صاف ستھری اور کنگھی چوٹی کیے رہتیں۔ ان کا رنگ میری ماں سے تو کم تھا، پر بنی ٹھنی رہنے سے وہ اب مجھے ایسی لگتیں جیسے میرے اسکول کی سائنس کی استانی تھیں۔ ویسے تو اب پوری کوٹھی ان کا خیال رکھ رہی تھی، لیکن ماں اور تائی جی تو جیسے پل پل ان کی صورت دیکھتی تھیں۔ کیا کر رہی ہیں، کیا کھا رہی ہیں، کب سو رہی ہیں، کب ہنس رہی ہیں۔ غرض ایک ایک بات پر دھیان تھا ان دونوں کا۔ ادھر دن ڈھلنے لگا اور ادھر تائی جی نے یا ماں نے آواز لگائی، "فہمی! کہاں ہو بچی؟ دونوں وقت مل رہے ہیں، چلو محمود کو لے کر کمرے میں چلی جاؤ۔" بس یہ سنتے ہی خالہ نے مجھے آواز دی اور ہم دونوں کمرے میں جا پہنچے۔ اور ہمارے پیچھے پیچھے ایک ایک کر کے ساری بچہ پارٹی۔ بس پھر وہیں منڈلی جم جاتی۔

جمعے کے روز سب نماز پڑھ کے لوٹے تو گھر میں حسبِ معمول دستر خوان پر کھانا چنا ہوا تھا۔ کھانا کھا کے ہماری بچہ پارٹی کھیلنے کا منصوبہ بنا رہی تھی کہ تایا جی نے مجھے آواز دی اور کہا، "اپنی اماں کو بتا کر آؤ کہ تایا جی کے ساتھ بازار جا رہا ہوں۔" میں نے ماں کو بتایا اور ان کے ساتھ ہو لیا۔ وہ پہلے منڈی گئے، وہاں سے پھل خریدے، پھر بازار میں ایک دُکان پر رک کر بسکٹ اور ٹافیوں کے پیکٹ خریدے اور برابر کی دکان سے جا کر کوئی اور چیز لائے۔ گھر واپس آکر انھوں نے پھلوں کا ٹوکرا میری ماں کے پاس بھجوایا اور کہا کہ پھلوں کی چاٹ بنا لیں۔ پھر بسکٹ اور ٹافیوں والا تھیلا مجھے تھماتے ہوئے کہا، "اپنی تائی کو دو اور کہنا کہ سب بچوں کو بانٹ دیں۔" میں تھیلا لے کر چلا تھا کہ انھوں نے واپس بلایا، "یہ بعد میں دے کر آنا۔ لو، پہلے یہ اپنی خالہ کو دے آؤ۔" انھوں نے جیب سے کاغذ کی تھیلی نکال کر مجھے تھمائی۔ وہ اپنا اسکوٹر اسٹینڈ پر کھڑا کرنے لگے اور میں خالہ کی طرف دوڑا۔

خالہ مسہری پر بیٹھی کوئی رسالہ پڑھ رہی تھیں۔ میں نے تھیلی بڑھائی تو انھوں نے پوچھا، "کیا ہے؟"

میں نے کاندھے اچکائے تو بولیں، "ارے تو کہاں سے اٹھا لائے میرے گڈے؟"

"تایا جی نے دی ہے یہ تھیلی؟"

"تایا جی نے۔؟" خالہ کی آواز میں حیرت اور خوشی نمایاں تھی، "اچھا۔ کیا ہے اس میں؟" انھوں نے تھیلی کھولی تو اس میں چوٹی تھی جس کی لڑیوں میں سنہرے تار گوندھے تھے۔ "بہت اچھی ہے یہ تو۔ بہت پیاری۔"

انھوں نے چوٹی اپنے ہاتھ پر پھیلا کر دیکھی، "بہت پیاری۔ تمھاری طرح۔" انھوں نے لاڈ سے میرا گال سہلایا۔

اگلے روز جب میں اسکول سے واپس آیا تو میں نے دیکھا کہ خالہ نے وہی چوٹی بالوں

میں گوندھی ہوئی ہے۔ ان کے سنہرے لمبے بال چوٹی میں گوندھے ہوئے بہت اچھے لگ رہے تھے۔ وہ بات کرتے کرتے جب سر ہلاتیں تو ان کی چوٹی لہرا کے اچھلتی۔ مجھے یہ دیکھ کر بہت اچھا لگتا۔ خالہ کا سر اکثر دوپٹے سے ڈھکا رہتا تھا، لیکن اس دن میں نے دیکھا کہ وہ جب سر گھماتیں یا گردن موڑتیں تو ان کا دوپٹا ڈھلک جاتا اور چوٹی چمکتی لہراتی سامنے آ جاتی۔

اس وقت ماں عصر کی نماز کے لیے غسل خانے میں وضو کو گئی تھیں جب تایا جی نے دروازے کے پاس آ کے کھنکارا اور انھیں پکارا۔ میں باہر لپکا اور بتایا کہ ماں وضو کرتی ہیں۔ وہ اندر آتے آتے رک گئے، "اچھا پھر آتے ہیں۔" یہ کہہ کر وہ پلٹ گئے۔

ابھی انھوں نے قدم بڑھایا ہی ہو گا کہ خالہ کی آواز آئی، "آداب! آپ آ جایئے اندر، آپا ابھی آتی ہیں۔"

تایا جی واپس مڑے، "خوش رہو، کیسی ہو تم؟"

"ہم اچھے ہیں، اللہ کا شکر ہے، آپ آ جایئے نا۔"

"ہاں چلو، ہم بنّو کے پاس تمھاری خیریت ہی تو پوچھنے کو آئے تھے۔"

"جی بہت شکریہ۔ ہم بالکل ٹھیک ہیں اب۔"

اتنے میں ماں وضو کر کے آ گئیں۔ تایا جی کو دیکھ کر آداب کیا اور چائے کا پوچھا۔

"نہیں بھئی، اسکوٹر سے اتر کے سیدھے تمھاری طرف آ گئے، ہاتھ منہ نہیں دھویا ابھی۔"

"بھائی صاحب! یہاں دھو لیجیے۔" ماں نے کہا۔

"جیتی رہو، پھر آئیں گے۔" یہ کہہ کر وہ اٹھ کھڑے ہوئے۔ خالہ کی طرف دیکھا، بولے، "اب تم اپنا خیال رکھنا۔"

"جی ہم رکھ رہے ہیں۔" خالہ نے کہا۔

"اچھا بنّو! چل دیے ہم۔" تایا جی نے ماں سے کہا۔

"میں تو کہہ رہی تھی بھائی صاحب بیٹھتے، یہ بھی آتے ہی ہوں گے۔"

"ہاں پھر آئیں گے۔ اچھا یوں کرو، غیاث آجائیں تو ہمیں کہلوا دینا، پھر اسی کے ساتھ آکے چائے پیتے ہیں۔"

"جی اچھا بھائی صاحب!" ماں خوش ہو گئیں۔

تایا جی جانے کو مڑے ہی تھے کہ میرے دل کو جانے کیوں یہ خواہش ہوئی کہ تایا جی کسی طرح دیکھ لیں کہ خالہ نے ان کی دی ہوئی چوٹی بالوں میں گوندھی ہوئی ہے۔ ٹھیک اسی لمحے خالہ نے سر جھکا کر انھیں آداب کہا اور ماں کی طرف یوں گھومیں کہ ان کی چوٹی لہرائی، دوپٹا سر سے ڈھلا اور اور چوٹی لشکارے دینے لگی۔ میں نے دیکھا، تایا جی کی نظر پل بھر کو ان کی چوٹی پر رکی۔ مجھے لگا ان کے چہرے پر خوشی کی ایک لہر سی گزری، مگر یہ لہر اتنی ہلکی اور نرم تھی کہ اسے کوئی اور محسوس نہیں کر سکتا تھا، پر خالہ نے اسے ضرور دیکھ لیا تھا اور پھر یہی لہر مجھے ان کے چہرے پر کھیلتی دکھائی دی۔ تایا جی اور خالہ فہمی ایک ہی لہر سے شرابور تھے، گویا۔ پر یہ بات مجھے بہت بعد کو معلوم ہوئی اور اس وقت تک کتنے ہی طوفان گزر چکے تھے۔

خالہ کی طبیعت واقعی اب بالکل ٹھیک تھی اور وہ ہر وقت خوش نظر آتیں، ہنستی بولتی رہتیں۔ گھر کے کام کاج میں وہ صرف میری ماں کا ہاتھ ہی نہ بٹاتیں، بلکہ بڑی اماں کے ساتھ بھی کام میں لگ جاتیں اور ان سے نمٹتیں تو کبھی پھوپھی شیدو اور کبھی پھوپھی آپا کے ساتھ سنگھوانے سمیٹنے میں مصروف نظر آتیں۔ وہ ہمیشہ کی ایسی ہی تھیں۔ یوں کہنا چاہیے کہ وہ تو بس ان کے دوروں کے دن تھے جب میں نے انھیں بستر پر دیکھا، ورنہ وہ

جب بھی ہمارے گھر آتیں، دوڑ دوڑ کے سارے کام کرتیں اور سب کا ہاتھ بٹاتیں۔ اب پھر وہی دن لوٹ آئے تھے۔

اسکول سے آنے کے بعد ہم بچے پہلے کھانا کھاتے اور پھر کھیلنے کے لیے دالان میں اکٹھے ہو جاتے۔ خالہ فہمی بھی ہمارے ساتھ کھیلتیں، بلکہ ان دنوں تو جھولے ماموں بھی اپنے کالج سے سیدھے ہمارے یہاں چلے آتے۔ خوب خوب ہلا گلا، رونق میلا رہتا۔ برف پانی، چور سپاہی، گیٹے اور ٹاپو۔ بس کھیلتے کھیلتے شام ہو جاتی۔ تب ہم سب بچے اپنا اپنا اسکول کا کام لے کر بیٹھتے اور خالہ فہمی کسی کو سبق پڑھاتیں، کسی کو یاد کراتیں، کسی کو املا کراتیں اور کسی کے پہاڑے چلتے۔ رات کے کھانے تک سب کے کام نمٹ جاتے۔ اس کے بعد وہ سارے بچوں کو کھانے کے لیے لے کر بیٹھ جاتیں۔ دستر خوان لگ جاتے۔ اب وہ مزے مزے کی باتیں کیے جا رہی ہیں اور ہم سب بچے کھانا کھا رہے ہیں۔ کس کی رکابی میں ترکاری نہیں ہے، کون ٹھیک سے لقمے نہیں بنا رہا، کس نے ابھی آدھی روٹی بھی نہیں کھائی۔ باتیں کرتے اور ہنستے ہنساتے ان سب چیزوں کا بھی انھیں پورا دھیان رہتا تھا۔ یہ روز کا معمول تھا، پر کیا مجال کہ اس میں خالہ فہمی سے کوئی کوتاہی ہو یا کسی روز ان سے تھکاوٹ یا اکتاہٹ کا اظہار ہو۔ ہاں پھر ایک دن مجھے لگا کہ وہ اسکول سے آنے کے بعد ہمارے ساتھ کھیلی تو ہیں پر وہ بات نہیں جو روز ہوتی ہے۔ کھانا بھی انھوں نے سب بچوں کو کھلایا اور ہنستے بولتے ہوئے ہی کھلایا۔ پر کوئی بات ضرور تھی جو وہ روز جیسی محسوس نہیں ہو رہی تھیں۔ مجھے خیال ہوا کہ شاید ان کی طبیعت بوجھل ہے۔ میرا دل ڈرا کہیں خدانخواستہ دورے کی شکایت نہ ہو۔

عشا کی نماز کے بعد ماں ابھی مصلے پر بیٹھی تسبیح کرتی تھیں کہ خالہ ان کے پاس جا بیٹھیں۔ "آپا! میرا بالکل جی نہیں چاہ رہا ابھی واپس جانے کو۔" انھوں نے ماں کے گلے

میں بانہیں ڈالیں۔

"میرا ابھی دل نہیں کرتا ابھی تجھے واپس بھیجنے کو، پر بڑے بھیا نے کہلوایا ہے میرے گڈے!" ماں نے لاڈ سے ان کے سر پر ہاتھ پھیرا اور گال تھپتھپا کر بولیں، "تو فکر نہ کر۔ اگلے ہفتے میں خود اماں سے ملنے آؤں گی تو ان سے کہہ کے تجھے پھر ساتھ لے آؤں گی۔"

"اگلے ہفتے!" خالہ فہمی نے ماں کا چہرہ دیکھا جیسے تصدیق چاہتی ہوں۔

"ہاں، اگلے ہفتے، بالکل پکا۔" ماں نے چمکارا۔

"پر آپا، اگلا ہفتہ تو ابھی بہت دور ہے؟"

اماں ہنس دیں اور انھیں گلے سے لگالیا۔ خالہ نے بھی خود کو پورا اماں کی گود میں ڈال دیا۔ گھڑی بھر بعد الگ ہوئیں اور بولیں، "آپا لے آئیں گی نا آپ مجھے واپس؟"

"ہاں میرے گڈے ضرور۔"

"دیر تو نہیں ہو جائے گی نا آپا!"

ماں نے نفی میں گردن ہلائی، پھر چمکارا، پیٹھ سہلائی۔

کوٹھی تو خالہ کے جاتے ہی بھائیں بھائیں کرنے لگی تھی، حالاں کہ باقی سب لوگ وہیں تھے اور سارے کام اسی طرح ہو رہے تھے، لیکن ایسا لگتا تھا جیسے ساری رونق ان کے ساتھ ہی رخصت ہو گئی تھی۔ اس روز تو، لیکن جیسے عجیب سا ہو رہا تھا سب کچھ۔ اسکول سے آتے ہوئے جب تانگے والے نے مزنگ چنگی سے جیل روڈ کی طرف تانگا موڑا تو مجھے ایکا ایکی اس قدر وحشت ہونے لگی اور دل ایسا گھبرایا کہ بس سب کچھ چھوڑ کر کہیں بھاگ ہی جاؤں۔ اپنی گلی کے آگے تانگے سے اتر کے گھر تک آنا دو بھر ہو گیا۔ گھر میں داخل ہوا تو وحشت کچھ سوا ہو گئی۔ ایسی یبوست اس سے پہلے تو میں نے کبھی گھر میں نہ دیکھی تھی۔ پھوپھی شیدو اور پھوپھی آپا ڈیوڑھی میں بیٹھی تھیں۔ میری چھوٹی بہن اسکول سے آچکی

تھی، لیکن ابھی اسکول ہی کے کپڑوں میں تھی۔ ماں دکھائی نہیں دے رہی تھیں۔ میں نے ابھی دالان آدھا ہی پار کیا ہو گا کہ تایاجی اپنے گھر سے باہر آئے اور ان کے پیچھے پیچھے تائی جی۔ میں نے سلام کیا۔ تایاجی کا چہرہ ستا ہوا تھا۔ تھکن اور تکلیف کی ملی جلی کیفیت تھی۔ انھوں نے مجھے اپنے سے لگایا، پیٹھ سہلائی اور کچھ کہے سنے بغیر باہر چلے گئے۔

چھوٹی بہن پھوپھی آپا کے پاس سے اٹھ کر میری طرف آ رہی تھی، "تم نے منہ ہاتھ دھو کر کپڑے کیوں نہ بدلے؟ اماں کہاں ہیں؟" میں نے اس سے پوچھا۔

اس نے نفی میں سر ہلا کر لاعلمی کا اظہار کیا۔

"وہ تمھاری نانی اماں کی طرف گئی ہیں۔ تم لوگ منہ ہاتھ دھو کے کپڑے بدلو، میں اتنے کھانا چنتی ہوں۔" پھوپھی آپا نے کہا۔

"نانی اماں کے ہاں۔ پر اکیلی کیوں گئی ہیں؟" میں نے حیرت آمیز تشویش سے پوچھا۔

"اکیلی نہیں گئیں، تمھارے ابو بھی گئے ہیں ساتھ اور ابھی تم نے دیکھا تو ہے، تمھارے تایاجی بھی گئے ہیں۔"

"لیکن ہمیں کیوں نہیں لے کر گئیں وہ؟"

"آ جائیں گی وہ یا تم دونوں بعد میں چلے جانا۔ چلو بس اب جلدی سے منہ ہاتھ دھو کر آ جاؤ اور کھانا کھالو۔ بھوک لگی ہو گی میرے بچوں کو۔" پھوپھی آپا نے کہا۔ اتنی دیر میں تائی جی بھی وہیں آ گئیں۔ ان کا چہرہ بھی اترا ہوا تھا۔ انھوں نے آ کر ہم دونوں بہن بھائی کو چمکارا، لیکن منہ سے کچھ نہ بولیں۔

مجھے کچھ سمجھ نہ آیا، لیکن ایک دم بہت رونا آنے لگا۔

اماں رات کو واپس آئیں تو ان کی آنکھیں سوجی اور چہرہ اترا ہوا تھا۔ میں نے انھیں

دیکھا تو ان کی طرف لپکا اور شکایت کی، "آپ ہمیں کیوں نہیں لے کر گئیں؟"

انھوں نے نرمی اور خاموشی سے مجھے اپنے سے لگالیا۔ ذرا کی ذرا ان کا پورا وجود لرزا۔ وہ دھیرے دھیرے چل کر چوکی پر جا بیٹھیں۔ چہرے سے لگتا تھا، بہت برداشت سے کام لے رہی تھیں، میں انھیں ایک ٹک تک رہا تھا۔

انھوں نے میری طرف دیکھا اور بھرائی ہوئی آواز میں کہا، "تمھاری خالہ چلی گئیں۔" اتنے میں تائی جی کمرے میں داخل ہوئیں اور چوکی پر بیٹھتے ہوئے انھوں نے ماں کو گلے سے لگالیا۔ ماں ان کے گلے لگیں تو یوں پھوٹ پھوٹ کر روئیں جیسے رونے کے لیے انھی کے کاندھے کی تو منتظر تھیں۔

خالہ کہاں چلی گئیں۔ کیا مر گئیں۔ لیکن کیوں؟ اچانک کیسے؟ کیا پھر ان پر وہ آ گئے تھے؟ کیا انھوں نے عامل صاحب کی ہدایات پر عمل نہیں کیا تھا؟ کیا عامل صاحب کا عمل پورا نہیں ہوا تھا؟ کیا ان کا عمل خالہ فہمی پر الٹ گیا اور اسی وجہ سے وہ مر گئیں؟ میں بھی تو اس عمل میں عامل صاحب کے ساتھ شریک تھا، تو کیا اسی طرح اب میں بھی جلد ہی مر جاؤں گا؟ اس وقت میرے چھوٹے سے ذہن میں یہ اور ایسے ہی بہت سے دوسرے سوالات بری طرح دھما چوکڑی مچائے رہتے تھے۔ میرے پاس ان میں سے کسی سوال کا کوئی جواب نہیں تھا۔ خود کو میں جو بھی جواب دیتا، اس سے دل کو اطمینان نہیں ہوتا تھا بلکہ الٹا اور دل بوجھل ہو جاتا اور وحشت بڑھ جاتی۔ اس بارے میں پوری کوٹھی میں اور تو کسی سے کچھ کہا سنا نہیں جا سکتا تھا سوائے ماں کے۔ ان سے میں نے کئی بار بات کرنی چاہی لیکن اب وہ مسلسل چپ رہنے لگی تھیں۔ ایک آدھ بار میرے پوچھنے پر انھوں نے بس اتنا کہا، "بس میرے لال، اس کا وقت پورا ہو گیا، اتنی ہی لکھوا کے لائی تھی وہ بچاری۔"

"لیکن اماں! انھیں ہوا کیا تھا گھر جا کے؟ یہاں تو وہ بالکل ٹھیک ہو گئی تھیں۔"

"ہونا کیا تھا بچے! بس گھڑی آگئی تھی اس کی۔"

"اماں! خالہ کو وہاں جا کے پھر دورے پڑنے لگے تھے کیا؟"

"ہاں، دورے ہی میں تو وہ نیچے گری تھی۔"

"کہاں سے گری تھیں؟" میرا دل دھک سے رہ گیا۔

"اوپر چھت پر تھی۔ کھڑکی کھول کر صفائی کر رہی تھی۔ بس ہو گیا دورہ۔ وہاں سے سر کے بل۔۔۔" یہ کہتے ہوئے اماں کی آواز بھرائی اور وہ ڈوپٹہ منہ پہ رکھ کے رونے لگیں۔ میں بھی رونے لگا۔ ذرا دیر میں ماں نے آنکھیں پونچھ کر ڈوپٹہ منہ سے ہٹایا۔ مجھے روتا دیکھ کر انھوں نے مجھے سینے سے لگایا اور پھر پھوٹ پھوٹ کر رونے لگیں۔ اس گھڑی میری آنکھیں برستیں، لیکن دل سوچتا تھا۔ اوپر چھت پر جا کر انھوں نے وہ کھڑکی آخر کھولی ہی کیوں تھی؟ میں نے تو کبھی اس کھڑکی کو کھلا ہوا نہیں دیکھا تھا، اس وقت بھی نہیں جب جھولے ماموں اور ابو وہاں پتنگ اڑا رہے تھے۔ ماں، خالہ اور ہم سب بچے ان کی پتنگ کو اوپر بڑھتا اور پیچ لگاتا دیکھ کر اچھلتے اور اودھم مچاتے تھے۔ ہم سب اوپر تھے، لیکن کھڑکی کسی نے نہیں کھولی تھی۔ اسے کھولنے کا تو کسی کو خیال ہی نہیں آتا تھا، پھر خالہ نے کیوں کھولی وہ کھڑکی؟ خالہ جب گری ہوں گی تو انھیں کیسا لگا ہو گا؟ کتنی تکلیف ہوئی ہو گی چوٹ لگنے سے۔

خالہ کو دورہ ہوا تھا تو اس کا مطلب یہ ہوا نا کہ عامل صاحب نے اس رات جن سے انھیں چھٹکارا دلایا تھا، انھوں نے ہی واپس آکر ان کی جان لے لی، لیکن ایسا کیوں ہوا؟ کیا خالہ نے ان کی ہدایات پر عمل نہیں کیا؟ کہیں وہ کسی دن پھر اسی درخت کے۔۔۔ یا انھوں نے مہندی تو نہیں لگالی تھی؟ میرے چھوٹے سے ذہن میں جیسے سوالوں کی جھڑی لگی ہوئی تھی۔

یہ سب سوال اس دن ایک دم گرد کی طرح بیٹھ گئے جب میں نے پھوپھی شیدو کو پھوپھی آپا سے کہتے سنا کہ فہمی کو اس کے دونوں بڑے بھائیوں نے کرنٹ دے کر ختم کر دیا۔ مجھے یقین ہی نہیں آیا کہ یہ میں کیا سن رہا ہوں، واقعی سن رہا ہوں یا کوئی خواب دیکھ رہا ہوں۔ لیکن یہ خواب نہیں تھا۔ پھوپھی شیدو یہ بات سچ مچ پھوپھی آپا کو بتا رہی تھیں۔ شام کا وقت تھا، ماں نے معمول بنا لیا تھا کہ وہ عصر کی نماز کے بعد قرآن لے کر بیٹھ جاتیں اور پھر مغرب پڑھ کر مصلے سے اٹھتی تھیں۔ اس وقت وہ قرآن پڑھ رہی تھیں۔ ہم سب بچے ڈیوڑھی میں پھوپھی شیدو کے گھر کے آگے اپنا اپنا اسکول کا کام لیے بیٹھے تھے۔ اچانک میرے کانوں میں خالہ فہمی کا نام پڑا۔ پھوپھی شیدو کہہ رہی تھیں،"فہمی کے دونوں بڑے بھائیوں نے اسی بات پر تاؤ کھایا اور کہا کہ پورے خاندان کی عزت خاک میں ملا دی۔ چھوٹے والے نے بہن کی طرف داری کی اور اس کے حق میں بولا بھی، پر آپا تم جانو، بڑے تو بڑے ہی ہوتے ہیں۔ انھی کی چلتی ہے، گھر گرہستی ہو چاہے بھائی برادری ہو۔ پھر یہ بھی ہو سکتا ہے کہ فہمی کے منہ سے کچھ نکل گیا ہو۔ کہہ دیا ہو اس نے کہ میں تو اب اسی نام پہ بیٹھی عمر گزار دوں گی، پر کسی اور کے نام کی ڈولی نہ اٹھے گی۔ یہ عمر بھی تو ایسی ہوتی ہے کہ بس ایک بار جی میں کچھ سما جائے تو آدمی مرنے کو تیار ہو جاتا ہے، پر بات سے نہیں ہٹتا۔ ہائے ہائے کیسی دو گھڑی کی آئی، توبہ ہے مالک!" پھوپھی شیدو نے ہاتھ ملے، پھر کانوں کی لویں چھوئیں۔

"میرا تو کلیجا دھنسا جا رہا ہے شیدو تمھاری بات سن کر۔ کیسی ہنس مکھ بچی تھی۔ کیسے دوڑ دوڑ کے کام کرتی، کیسے خوشی خوشی سب کا ہاتھ بٹاتی۔ کچھ بھی نہ سوچا دیکھا ظالموں نے۔" پھوپھی آپا نے ماتھے پہ ہاتھ رکھا جیسے چکر آ گیا ہو انھیں۔

"ہاں آپا، سنا ہے ایک بھائی نے ہاتھ پاؤں باندھے، دوسرے نے کرنٹ دے دیا۔

گھڑی کی گھڑی میں ختم ہو گئی ہو گی بچی تو۔ نہ خون نے جوش مارا، نہ رشتے نے ہاتھ روکا۔ دل ہی پتھر ہو گئے ہوں گے بھائیوں کے۔" پھوپھی شید و نفی میں سر ہلا ہلا کر افسوس کرتی تھیں۔

پھوپھی آپا کو جھرجھری آ گئی۔

میں بیٹھا تو وہیں تھا اس وقت، لیکن یک بہ یک دل و دماغ میں تو دوسری ہی کوئی دنیا آن بسی تھی۔ جیسے سینما ہال کے پردے پر آن کی آن میں منظر بدلتے ہیں اسی طرح میرے ذہن کے پردے پر بھی اس وقت یوں پل کی پل میں نقشے بنتے اور بگڑتے تھے۔ کچھ سمجھ میں نہ آتا تھا، کہاں ہوں، کیا ہو رہا ہے؟ خدا جانے کب اور کیسے وہاں سے اٹھ کر ماں کے پاس آیا۔ یہ خیال جیسے تیر نیم کش کی طرح سینے میں اتر گیا تھا کہ خالہ فہمی کو کرنٹ دے کر مار دیا گیا ہے۔ مگر کیوں؟ اس کا کوئی جواب ذہن میں آتا تھا اور نہ یہ سمجھ میں آتا تھا کہ کس سے پوچھوں، آخر ایسا کیوں کیا گیا؟

یوں تو میں اسکول بھی جاتا تھا، مولوی صاحب سے بھی پڑھتا تھا، گھر سے باہر بھی نکلتا تھا، ماں کسی کام کو کہتیں تو وہ بھی کرتا۔ مُنیا کو کھلاتا اور اس کے اسکول کا کام بھی دیکھتا، پر جیسے اب میں، میں نہیں رہا تھا۔ کسی کام میں جی لگتا، نہ کوئی چیز اچھی لگتی۔ ہر وقت خالہ فہمی یاد آتیں اور ذہن میں نقشہ سا کھنچ جاتا کہ ان کے ہاتھ پاؤں باندھ کر انھیں کرنٹ لگایا جا رہا ہے۔ کھانے پینے سے میرا جی بالکل اچاٹ ہو گیا تھا۔ کچھ کھایا ہی نہ جاتا۔ ماں کو میری حالت پر تشویش ہونے لگی۔ انھوں نے ابو سے کہا کہ مجھے حکیم صاحب کو دکھا کے لائیں، سوکھتا جا رہا ہوں میں۔ ابو دکھا کر بھی لائے، پر مجھے کچھ خاص افاقہ نہ ہوا۔ ماں میری طرف سے پریشان تھیں۔ کبھی قرآن پڑھ کے پانی پر دم کر کے مجھے پلاتیں، کبھی پڑھ پڑھ کر مجھ پر پھونکتیں۔ میرے جی میں کئی بار آئی کہ ان سے خالہ فہمی کا پوچھوں،

لیکن ہمت ہی نہیں ہوئی۔

اس دن میں بخار میں بے سدھ پڑا تھا۔ تھوڑی تھوڑی دیر میں غشی کے دورے ہو رہے تھے۔ ماں پڑھ پڑھ کر مجھ پر پھونکے جاتیں اور ٹھنڈی پٹیاں میرے ماتھے اور ہاتھ پاؤں پر رکھ رہی تھیں۔ اسی کیفیت میں جانے کیسے میں نے ان سے پوچھ لیا، "اماں خالہ فہمی کو کرنٹ دے کر ماموں نے کیوں مار دیا؟" اس سوال پر پہلے تو ماں کے منہ پر ہلدی سی کھنڈی اور پھر ذرا کی ذرا میں ان کا چہرہ سفید پڑ گیا۔ وہ ایک ٹک مجھے دیکھتی رہیں اور پھر سہمی ہوئی آواز میں بولیں، "تجھ سے یہ کس نے کہا بچے؟"

"میں نے سنا ہے اماں۔ پر کیوں مارا ماموں نے انھیں، ہیں اماں؟"

"کہاں سے سن لیا تو نے میرے بچے۔ مجھے بتا، یہ ہوا کہاں سے آ گئی تجھ تک؟"

میں چپ رہا۔

"بول نا میرے چاند، کس نے کہا تجھ سے؟" انھوں نے تڑپ کر میرا ہاتھ پکڑا۔ خدا جانے اس وقت مجھے بخار زیادہ تھا یا پھر اس بات سے ان کے ہاتھ پیر ٹھنڈے پڑ گئے تھے، مجھے ان کا ہاتھ بالکل برف کا ڈلا معلوم ہو رہا تھا۔ چپ پا کر انھوں نے دوسرا ہاتھ میرے ماتھے پر رکھا۔ وہ بھی اسی طرح برف ہو رہا تھا۔

میں نے ان کی طرف دیکھا، ان کا چہرہ بالکل پھیکا پڑ گیا تھا۔ مجھے خیال آیا، جب تک میں بتاؤں گا نہیں، وہ تکلیف کے اس احساس سے نکل نہیں پائیں گی، سو میں نے انھیں پھوپھی شیدو اور پھوپھی آپا کی گفتگو کا بتا دیا۔ وہ ایک لمحے کو بالکل چپ ہو گئیں، لیکن اگلے ہی لمحے بلک کے رو دیں۔ مجھے بھی ایسے ہی رونا آنے لگا۔ ذرا سی دیر میں وہ سنبھلیں اور مجھے بھینچ کے سینے سے لگا لیا، پھر بولیں، "بس، اس کا وقت پورا ہو گیا تھا۔ کون کیا سمجھتا ہے اور کیا کہتا ہے، اس سے ہمیں کچھ لینا دینا نہیں۔ نہ کسی کی بات سننی ہے اور نہ آئندہ ایسی کوئی

بات کسی سے کرنی ہے۔" انھوں نے ماتھے پر ہاتھ پھیرا اور پھر ہاتھ سے میرے سر میں کنگھی کرتے ہوئے بولیں، "بچے! یہ گھٹنا کھولوں تو یہ بھی میرا ہے اور یہ کھولوں تو یہ بھی میرا۔ سو میرے لال، پردہ ہی بھلا، چپ رہنا ہی اچھا ہے۔ جانے والی تو واپس آنے سے رہی۔"

ادھر بات طول کھینچے جاتی ہے مسلسل اور ادھر یہ رات ڈھلان اترتے اترتے آخر اب صبحِ کاذب کی وادی تک آ پہنچی۔ وقت مٹھی کی ریت کی طرح پھسلے چلا جاتا ہے اور بات رہی جاتی ہے۔ سو، اب میں اس قصے کو مختصر کرتا اور اپنی بات سمیٹتا ہوں۔ نہیں، میرے عزیزو! یہ بات نہیں کہ میں یہ قصہ سناتے سناتے اکتا گیا ہوں۔ سچ پوچھو تو میرے تو دل کی بر آئی کہ تم کو یہ ماجرا سناتا اور جانے کتنے زمانوں سے دل پہ دھرا بوجھ ہٹاتا ہوں۔ پر عزیزو! آج تک ساری بھلا کون کہہ سکا ہے اور ساری بھلا کب کوئی سن سکا ہے۔ ہم سبھی یہاں اپنے اپنے حصے کی کہتے ہیں اور اپنے ہی اپنے حصے کی سن کر چلے جاتے ہیں۔ باقی رہے نام اللہ کا۔

بہر حال تو میں تم کو بتا رہا تھا کہ بخار کی ہذیانی کیفیت میں ماں کے سامنے میرے منہ سے وہ بات نکل گئی جو میری جان کا روگ بنی ہوئی تھی۔ تس پر ماں نے مجھے سمجھایا کہ چپ ہی رہنا اچھا ہے۔ سو، اب خدا جانے ماں کی اس پردہ رکھنے والی بات کا اثر تھا یا پھر وہ میری شرحِ صدر کا لمحہ تھا کہ میرے دل کو قرار آگیا۔ ذہن جو غبار سے اٹ گیا تھا، صاف ہونے لگا، طبیعت بحال ہوتی چلی گئی۔ کوٹھی کی رونق تو خالہ فہمی کے جانے سے ہی ماند پڑ گئی تھی، لیکن اکثر ان کا ذکر ہوتا تھا۔ پھر ایک دم ان کا ذکر بالکل ختم ہو گیا، جیسے وہ کوٹھی میں کبھی آئی ہی نہیں تھیں۔ اب میں سوچتا ہوں تو یوں لگتا ہے کہ خالہ فہمی نے آکر پوری

کوٹھی کے رگ وپے میں ایک الگ ہی طرح سے زندگی کی برقی روسی دوڑادی تھی۔ پھر جب وہ گئیں تو کوٹھی ٹھٹھر کے رہ گئی اور ان کی موت کی خبر نے تو جیسے کوٹھی کو سن سا کر دیا تھا، لیکن کچھ عرصے بعد جیسے اب پھر کوٹھی جاگنے لگی تھی۔ دن رات ویسے تو نہیں رہے تھے، پر زندگی کا چلن کوٹھی میں دھیرے دھیرے لوٹ آیا تھا۔

ایک رات جب ماں نے مجھے اور منیا کو ابھی کھانے پر بٹھایا ہی تھا اور ابو اپنے کام سے نہیں لوٹے تھے، دروازے پر تایا جی کے کھنکھارنے کی آواز آئی۔ میں ابھی چونک کر یہی سوچ رہا تھا کہ یہ واقعی تایا جی کی آواز ہے اور وہ سچ مچ ہمارے گھر آئے ہیں کہ انھوں نے اپنے مخصوص انداز میں "بنّو" کہہ کر ماں کو آواز دی۔ خالہ فہمی کے فوت ہونے کے بعد سے کوٹھی میں عجیب سا تناؤ آگیا تھا۔ لوگوں کا آپس میں اٹھنا بیٹھنا نہ ہونے کے برابر رہ گیا تھا۔ ماں تو اب بالکل کسی دوسرے گھر نہیں جارہی تھی۔ کبھی کبھار ڈیوڑھی میں پھوپھی آپا اور پھوپھی شیدو سے کھڑی ہو کر بات کر لیتی تھی، وہ بھی بس گھڑی دو گھڑی۔ ہاں تائی جی برابر ماں کے پاس آتی رہتی تھیں، لیکن تایا جی اس واقعے کے بعد پہلی بار ہمارے یہاں آئے تھے۔ اس وقت ماں چنگیری میں سے روٹی نکال کر مجھے دے رہی تھی۔ تایا جی کی آواز پر چونکی اور چنگیری جوں کی توں چھوڑ، وہ سر پہ ڈوپٹہ ٹھیک کرتے ہوئے دروازے کی طرف بڑھی۔ اتنی دیر میں تایا جی اندر آچکے تھے۔ ابو بھی ان کے ساتھ تھے۔ ماں نے سلام کیا۔ تایا جی نے اس کے سر پر ہاتھ رکھا۔ اتنی دیر میں منیا اور میں بھی اٹھ کر آگے بڑھے اور سلام کیا۔ انھوں نے ہم دونوں کو دائیں بائیں اپنے سے لگا لیا، پھر ماں سے بولے، "اچھا بنو، ہم سعودیہ جارہے ہیں۔ اب وہیں رہیں گے۔ قسمت میں ہوا تو پھر ملیں گے۔ خدا تمھیں بچوں کی خوشیاں دکھائے۔"

ماں تایا جی کے آگے گھونگھٹ تو نہیں کاڑھتی تھیں، پھر بھی ان کا ڈوپٹہ کچھ آگے

چہرے تک آیا رہتا تھا۔ وہ بات کرتے ہوئے بھی ان سے نظریں نہیں ملاتی تھیں، لیکن یہ بات سن کر وہ ایسے ہڑبڑائیں کہ پہلے انھوں نے تایاجی کی طرف دیکھا اور پھر ان کے پیچھے کھڑے اپنے شوہر کی طرف۔

ابو ان کی نظروں کا سوال سمجھتے ہوئے بولے، "بھائی صاحب رات کی گاڑی سے کراچی جارہے ہیں اور وہاں سے پرسوں سعودی عرب چلے جائیں گے، وہیں کام کریں گے۔"

ماں کو کچھ سمجھ نہ آیا کہ وہ کیا کہے۔ اس نے خالی خالی نظروں سے ایک بار پھر تایاجی کی طرف دیکھا اور بولی، "مگر کیوں بھائی صاحب؟"

"بھئی اللہ اپنے گھر رہنے کو بلا رہا ہے، اس لیے جارہے ہیں بس۔" پھر انھوں نے کلائی پر بندھی گھڑی دیکھی اور بولے، "اچھا اب وقت ہو گیا ہے، ہم چل دیے۔" جاتے جاتے وہ مڑے ماں کے سر پہ ہاتھ رکھا اور کہا، "تم سمجھ دار ہو، اپنا اور بچوں کا خیال رکھنا۔ مالک تمھاری خوشیوں کی حفاظت فرمائے۔"

ماں نے 'جی' کہا اور ایک دم پھکو پھکو رونے لگیں۔

"نہ، جی چھوٹا نہیں کرتے۔ خدا خیر رکھے، جیے تو پھر ملیں گے۔" تایاجی نے دلاسا دیا۔

ماں سنبھلنے کے بجائے اور رونے لگی۔ اتنے میں تائی جی بھی وہیں آگئیں۔ انھوں نے بڑھ کر ماں کو بازو میں بھر کر کاندھے سے لگالیا۔

تایاجی کے جانے کے بعد تو کوٹھی جیسے بالکل خالی ہو گئی۔ ماں تو ویسے ہی پھوپھی آپا، پھوپھی شیدو کے یہاں نہیں جارہی تھیں۔ وہ دونوں تو پہلے بھی کم آتی تھیں ہمارے یہاں، اور اب تو بالکل ہی نہیں آرہی تھیں۔ ماں کا آنا جانا تو تائی جی کے یہاں بھی نہیں تھا، پر وہ متواتر دوسرے چوتھے ماں کے پاس آکر بیٹھتیں اور ان کی خبر گیری کرتیں۔ حق یہ ہے کہ تایاجی کے جانے کے بعد وہ سب کی خبر گیری کررہی تھیں۔ یہ بھی مگر سچی بات ہے کہ

تایا جی کے جانے کے بعد کوٹھی تو کوٹھی نہیں رہ گئی تھی، حالاں کہ تائی جی سب کو اسی طرح جوڑے رکھنے کی کوشش کر رہی تھیں، پر صاف لگ رہا تھا کہ کوٹھی اب کچھ اور ہوتی چلی جا رہی ہے۔

ایک دن میں اسکول سے آنے کے بعد ڈیوڑھی میں مُنیا کے ساتھ بیٹھا ہوا تھا کہ گھر کے اندر سے ماں کے تیز تیز بولنے کی آواز آنے لگی۔ میں اٹھ کے لپکا۔ ماں اور تائی جی چوکی پر آمنے سامنے بیٹھی تھیں۔ ماں کے چہرے پر سخت تناؤ تھا۔ رنگ اڑا اڑا سا اور ہونٹ کاسنی ہو رہے تھے۔ جب میں پہنچا تو تائی جی ان سے کہہ رہی تھیں، "پر اس میں کوئی گناہ تو نہیں تھا۔" مجھے آتا دیکھ کر وہ ایک دم چپ ہو گئیں۔ ماں نے بھی مجھے دیکھا لیکن وہ تو جیسے کسی اور ہی کیفیت میں تھی۔ البتہ تائی جی نے مجھے دیکھا، اپنے پاس بلایا، بولیں، "چھوٹی بہن کہاں ہے بیٹے؟"

"منیا باہر ڈیوڑھی میں ہے۔" میں نے جواب دیا۔

انھوں نے چمکارتے ہوئے میری کمر پر ہاتھ پھیرا اور بولیں، "ہم تمھاری اماں سے بات کر رہے ہیں۔ تم بھی باہر بہن کے ساتھ کھیلو۔"

میں نے اثبات میں سر ہلایا اور من من بھر کے پاؤں اٹھاتا باہر چلا آیا۔ میرا دھیان، لیکن ماں اور تائی جی کی طرف ہی لگا ہوا تھا اور میں جاننا چاہتا تھا کہ ان کے درمیان کیا بات ہو رہی ہے۔ باہر آکر میں نے منیا کو لیا اور بالکل اپنے دروازے کے سامنے آن بیٹھا۔ اب میں ذرا دھیان لگا کر اندر کی باتیں سن سکتا تھا۔ ماں کی غصیلی آواز آ رہی تھی، "بھابی فہمی تو بچی تھی مگر بھائی صاحب تو سمجھ دار تھے۔ میں تو یہی کہوں گی کہ سارا قصور ان کا ہے۔"

"قصور کیسا بنو؟ انھوں نے کچھ برا تھوڑی چاہا تھا۔ انھوں نے تو ہاتھ تھامنے کی ہی

کوشش کی تھی نا؟ تم خدا لگتی کہو، کیا اس میں کوئی برائی ہے؟ بنّو، اس بات سے تو اللہ بھی راضی اور اس کا رسول بھی راضی۔ فساد تو، برا مت ماننا، تمھارے بھائیوں نے کیا۔ جان لے لی انھوں نے بچی کی۔ بدی پر تو وہ اتر آئے نا۔" تائی جی نے اپنے مخصوص نرم لہجے میں کہا۔

"بھابی، میں نہ بھائیوں کی طرف داری کرنا چاہتی ہوں، نہ میں ان سے خوش ہوں۔ میں تو ان منحوسوں کی شکل بھی اب نہیں دیکھنا چاہتی۔ مر گئے میرے لیے تو وہ جیتے جی۔ ان کم بختوں کی تو غیرت نے جان لے لی اس معصوم بچی کی۔ پر بھابی، بھائی صاحب نے بھی بڑا ظلم کیا۔ نہ وہ قدم بڑھاتے، نہ فہمی کی جان جاتی۔"

"بنو، یقین کرو، انھوں نے کچھ غلط نہیں کیا۔ وہ تو ظلم کرنے والے آدمی ہی نہیں ہیں۔"

"بھابی، میں آپ کی عظمت کو سلام کرتی ہوں، آپ بڑی شوہر پرست بیوی ہیں۔" ماں نے جیسے چیخ کر کہا، "آفرین ہے آپ پر، شوہر بیس سال چھوٹی لڑکی پر ڈورے ڈال رہا ہے، اس سے نکاح کا منصوبہ بنا رہا ہے اور آپ ہیں کہ اسے قصوروار سمجھنے کو تیار ہی نہیں۔ بڑی عظیم ہیں بھابی آپ واقعی۔" ماں کے لہجے کی تلخی کو صاف محسوس کیا جا سکتا تھا۔

"تمھیں غصہ ہے ابھی، اس لیے تم مسئلہ نہیں سمجھ رہیں۔ ٹھیک ہے ابھی نہیں، کچھ وقت بعد ذرا ٹھنڈے دل سے اس مسئلے پر سوچنا، تمھاری سمجھ میں آجائے گا کہ تمھارے بھائی صاحب کچھ غلط نہیں کر رہے تھے۔ یہ میں ان کی طرف داری نہیں کر رہی، تمھیں سچائی بتا رہی ہوں۔ اس میں ان کا رتّی ماشہ قصور نہیں ہے، میری بہن، میری گڑیا، میں سچ کہتی ہوں تم سے۔"

"نہیں، یہ کبھی میری سمجھ میں نہیں آئے گا۔ میں ہمیشہ بھائی صاحب کو قصوروار سمجھتی رہوں گی۔" ماں نے تنک کر کہا۔

"دیکھو بنو! میں تمھیں آخری بات اور بتا دیتی ہوں، اس کے بعد جو تمھارا ایمان

کہے، تم وہ مانو۔ اسی رات جب عامل صاحب نے فہمی کے جن اتارے تھے اور تمھارے بھائی صاحب کو فہمی کا سپر دار بنایا گیا تھا تو رات ہی کو انھوں نے پورا واقعہ مجھے بتا دیا تھا۔ پھر بعد میں بھی وہ فہمی کے بارے میں مجھے سب کچھ بتاتے رہے۔ فہمی نے انھیں اپنا آئیڈیل کر لیا تھا۔ وہ جانتے تھے کہ وہ ان سے عمر میں بیس برس سے زیادہ چھوٹی ہے۔ وہ اس کے سلسلے میں پریشان تھے۔ میں تمھیں سچ بتاؤں، وہ اس بارے میں تم سے بات بھی کرنا چاہتے تھے، پر میں نے منع کیا کہ ابھی نہیں۔ میرا خیال تھا کہ فہمی واپس اپنے ماں باپ کے پاس جائے گی تو میں خود تم سے ساری بات کر لوں گی۔ ویسے یہ حقیقت ہے کہ مجھے فہمی سے ان کے نکاح پر بھی کوئی اعتراض نہ تھا۔ بھئی جب اللہ نے اور اس کے رسول نے ایک کام کی اجازت دی تو میں کون ہوتی ہوں منع کرنے والی۔" بڑی اماں نے ذرا توقف کیا پھر نرمی سے بولیں، "بنو! اگر مجھے معلوم ہوتا کہ فہمی باپ کے گھر جا کر اناؤں کی بھینٹ چڑھ جائے گی تو میں اسے کبھی نہ جانے دیتی، چاہے کچھ بھی ہو جاتا، میں اسے اپنے پیچھے کرتی اور سب کے آگے آکر کھڑی ہو جاتی۔"

تائی جی کی اس بات کے بعد اندر سے دیر تک کوئی آواز نہیں آئی، نہ تائی جی کی اور نہ ہی ماں کی۔ سناٹے کی تکلیف سے گھبرا کے میں تھوڑی دیر بعد منیا کو لے کر جب گھر میں داخل ہوا تو ماں پھوٹ پھوٹ کے روتی تھیں۔ تائی جی نے انھیں دونوں بازوؤں میں بھرا ہوا تھا۔ ان کی اپنی آنکھیں بھی برستی تھیں۔

تایا جی واپس آنے کے لیے نہیں گئے تھے۔ ممکن ہے کہ پہلے ان کا ارادہ ہو کہ کچھ عرصے بعد وہ واپس آجائیں گے، لیکن پھر وقت نے، حالات نے یا کسی اور شے نے واپسی کے خیال کو ان کے ذہن سے نکال دیا ہو۔ بیس برس گزر گئے، وہ ایک بار بھی نہیں آئے اور شاید اب کبھی آئیں گے بھی نہیں۔ جانے کے پانچ برس بعد انھوں نے پہلی بار تائی جی

اور اپنے تینوں بچوں کو حج کے موقعے پر بلایا تھا۔ تین ساڑھے تین مہینے بعد یہ لوگ واپس آ گئے۔ پھر دو سال بعد انھوں نے دوبارہ بلایا۔ اس طرح یہ معمول بن گیا۔ وہ ڈیڑھ دو سال بعد اپنی فیملی کو بلا لیتے۔ یہ لوگ کچھ عرصے ان کے پاس رہ کر واپس آ جاتے۔ اسی دوران ان کی دونوں بیٹیوں کے رشتے آئے۔ دونوں کی شادی انھوں نے اپنے پاس بلا کر کی۔ ایسا انھوں نے کیوں کیا، یہ ایک الگ قصہ ہے جو پھر کبھی سناؤں گا کہ اس قصے میں بھی بڑے پھیر ہیں۔ بہر حال، ایک بیاہ کر آسٹریلیا چلی گئی اور دوسری دبئی۔ بیٹے کی تعلیم مکمل ہونے کے بعد اسے سعودی عرب ہی میں نوکری مل گئی۔ چار برس پہلے تائی جی ان کے پاس عمرے کے لیے گئی ہوئی تھیں جب روضۂ رسول پر سلام کر کے باہر آتے ہوئے انھیں چکر آیا اور وہ گر پڑیں۔ ایمبولینس میں ڈال کر اسپتال لے جایا گیا، لیکن ان کی روح پرواز کر چکی تھی۔

ماں، تائی جی کو اور تایا جی کو اکثر یاد کرتی ہیں، یاد کرتے کرتے رونے لگتی ہیں۔ کبھی ابو اور کبھی میں ان کی تایا جی سے فون پر بات کرا دیتے ہیں تو وہ سلام کے بعد بس دو جملے ان سے کہتی ہیں، "بھائی صاحب! بھابی اور آپ بہت یاد آتے ہیں۔ خدا آپ کو سلامت رکھے۔" اس کے سوا میں نے انھیں کبھی کچھ کہتے نہیں سنا، لیکن جس دن ان کی تایا جی سے فون پر بات ہو جاتی ہے، اس کے بعد کئی روز تک جانے کیوں بات بے بات ان کی پلکیں بھیگتی رہتی ہیں۔

٭٭٭

امانت

اماں کی فرمائش پوری کرنے کا وقت نکل آیا تھا۔

وقت تو نکل ہی آئے گا، اس کا مجھے یقین تھا، لیکن میں اماں کو ٹالنے کے لیے کہہ رہا تھا کہ وقت ملا تو جاؤں گا۔ ظاہر ہے، مقصد یہی تھا کہ واپس آ کر جب وہ سوال کریں تو میں آرام سے کہہ دوں کہ وقت ہی نہیں ملا، بہت مصروفیت رہی۔ اب یہ ہوا کہ جب میں اپنے کاموں سے نمٹ گیا تو مجھے اماں کی فرمائش کا دھیان آیا۔ میں نے سوچا، کہہ دوں گا کہ وقت نہیں۔۔۔ لیکن یہ سوچتے ہوئے خیال آیا کہ یہ تو جھوٹ ہو گا اور پھر ساتھ ہی مجھے اماں کی وہ سب باتیں یاد آنے لگیں جو بچپن میں وہ مجھے سمجھایا کرتی تھیں۔ "اباجی، خدا ان کی مغفرت کرے، کہتے تھے کہ جھوٹ سو برائیوں کی ماں ہے، جو اس سے بچ جائے وہ سو برائیوں سے بچ جاتا ہے۔" اسی طرح وہ کبھی کہتیں، "اللہ بخشے، اماں جی کہتی تھیں، ایک جھوٹ کو نبھانے کے لیے آدمی کو دس جھوٹ بولنے پڑتے ہیں۔" اماں کی ساری نصیحتیں اور اچھی باتیں اسی طرح ان کی اماں اور اباکے ذکر سے شروع ہوتی تھیں۔

ان باتوں کا مجھ پر اتنا اثر ہوا کہ میں نے بچپن میں کبھی جھوٹ نہیں بولا۔ ان باتوں پر بھی نہیں جن پر کبھی کبھی مجھے ماسٹر وجیہہ الدین صاحب سے سزا ملتی تھی۔ وہ مجھے ریاضی پڑھایا کرتے تھے۔ چھٹی سے دس ویں جماعت تک وہ میرے استاد رہے۔ میں ریاضی میں شروع سے کمزور تھا، حالاں کہ چوتھی جماعت میں ہی مجھے بیس تک پہاڑے اچھی طرح یاد ہو گئے تھے مگر خدا جانے کیا ہوتا کہ میں ریاضی کے سوال حل کرتے

ہوئے ضرور غلطی کرتا تھا۔ دوسرے سارے مضامین میں میرے نمبر اچھے آتے مگر ریاضی میں بس واجبی سے نمبر لے کر پاس ہوتا۔ وجیہہ الدین صاحب نے اس کا حل یہ نکالا کہ وہ مجھے گھر پہ کرنے کا کام زیادہ دینے لگے، مگر اس سے بھی وہ بات نہ بنی۔ اب انھوں نے مجھے تاکید کی کہ سوال حل کر کے میں اپنی کاپی بند کر کے رکھ دوں اور دو گھنٹے بعد اسے اٹھا کر دوبارہ، ایک ایک سوال کو چیک کروں۔ میں سوال تو سارے حل کر لیتا، لیکن دوبارہ چیک کرنے پر میری طبیعت کبھی آمادہ نہ ہوتی۔ میں ایک بار کاپی بند کر کے رکھتا تو پھر اگلے دن اسکول آکر ریاضی کے پیریڈ میں ہی اسے کھول کر دیکھتا۔ ماسٹر جی سوال چیک کرتے، غلطیوں کی نشان دہی کرتے اور مجھ سے پوچھتے کہ کام خود چیک کیا تھا۔ میں سچ بولتا اور مار کھاتا۔ ویسے اب بھی میں زیادہ جھوٹ نہیں بولتا۔ اکثر تو بچنے کی کوشش کرتا ہوں۔ بولنا ہی پڑ جائے تو کم سے کم بول کر کام چلانے کی کوشش کرتا ہوں۔

سچی بات یہ ہے کہ میں اماں کی فرمائش کو ٹالنے کا کبھی سوچتا بھی نہیں۔ اول تو وہ بے چاری کوئی فرمائش کرتی ہی نہیں۔ اور اگر کبھی کریں بھی تو وہ ان کی ذات کے لیے ہرگز نہیں ہوتی، کسی دوسرے ہی کے فائدے کے لیے کچھ کہتی ہیں۔ البتہ کہتی وہ ایسے ہیں جیسے اپنے ہی لیے کہہ رہی ہیں۔ مجھے آج تک یاد ہے کہ انھوں نے زندگی میں مجھ سے جو پہلی فرمائش کی وہ بھی ایسی ہی تھی، ورنہ میں نے تو اپنی چھپن سالہ عمر میں انھیں کسی سے اپنے لیے کبھی کوئی فرمائش کرتے نہیں دیکھا۔ حتیٰ کہ ابا سے بھی نہیں۔ میرے ابا ریڈیو کے محکمے میں ملازم تھے۔ وہ اپنے ادارے کے نیک نام اور بہت قابل لوگوں میں شمار ہوتے تھے۔ دوسرے شہروں میں بھی ان کا آنا جانا رہتا تھا۔ کئی بار میں نے خود سنا کہ گھر سے چلتے ہوئے انھوں نے اماں سے پوچھا، "تمھارے لیے وہاں سے کیا لے کر آؤں؟"

"بس آپ ساتھ خیریت کے لوٹ آیئے۔" اماں کا ہمیشہ ایک ہی جواب ہوتا۔

ابا جو ابا کبھی مسکراتے اور کبھی سر ہلاتے اور اکثر جب وہ لوٹ کر آتے تو کچھ نہ کچھ ساتھ لاتے۔ انھوں نے زیادہ عمر نہ پائی۔ چالیس سے کچھ مہینے اوپر ہوئے تھے۔ ایک شام دفتر سے واپس آئے تو تھکے تھکے سے لگ رہے تھے۔ بتایا داہنے بازو کے پچھلے حصّے میں کچھ درد اور کھنچاؤ سا ہے۔ ہمارے گھر میں ایک بام رکھا رہتا تھا، جو اسی تکلیف کے لیے استعمال کیا جاتا۔ اماں نے ان کی قمیص اوپر کر کے بام مل دیا۔ کہنے لگے، "کچھ دیر لیٹ جاتا ہوں۔" اماں نے کھیس لا دیا۔ وہ ڈرائنگ روم میں رکھی چوکی پر ہی لیٹ گئے۔ تھوڑی دیر میں اماں نے جا کر پوچھا تو کہنے لگے، "پیچھے تو بہتر ہے، مگر اب درد بازو اور سینے کی طرف نکل آیا ہے۔" اماں نے بازو اور سینے پر بام لگا دیا۔ ان کے چہرے پر نقاہت دیکھتے ہوئے اماں نے باورچی خانے میں جا کر اچھوانی کا سامان کیا۔ میں اس وقت بی اے کے آخری سال میں تھا۔ اسی وقت گھر لوٹا تھا اور آنگن میں سائیکل کھڑی کر رہا تھا۔ اماں نے مجھے اشارے سے بلایا اور کہا، "تمھارے ابا کا جی اچھا نہیں ہے۔ داہنے بازو میں درد بتاتے ہیں۔ جا کے پوچھو اور دبا دو تھوڑی دیر۔"

میں نے جا کے ابا کو سلام کیا۔ انھوں نے اشارے سے جواب دیا۔ کچھ ورد وظیفہ چل رہا تھا۔ میں پائینتی کی طرف بیٹھ گیا۔ انھوں نے پیچھے سرک کے مجھے جگہ دی۔ ورد پورا ہوا تو مجھ سے پڑھائی کا پوچھا۔ میں نے بتایا اور ان کی طبیعت کا دریافت کیا۔ کہنے لگے، "اللہ کا شکر ہے۔ بس ذرا درد سا ہے۔" سینے اور داہنے بازو کی طرف اشارہ کیا۔ میں نے کہا، "دبا دیتا ہوں" اور اٹھ کر سرہانے کی طرف جا بیٹھا۔

"ضرورت نہیں بیٹا! تم ابھی گھر آئے ہو، ہاتھ منہ دھو لو۔"

"جی ابھی جاتا ہوں۔" میں نے کہا اور ان کا بازو کاندھا دبانے لگا۔

ذرا سی دیر بعد میں نے پوچھا، "کچھ آرام ہوا ابا؟"

وہ جیسے غفلت میں تھے۔ میری آواز پر چونکے اور بولے، "الحمدللہ!"

مجھے پہلے خوشی ہوئی کہ میرے دبانے سے انھیں آرام ملا اور پھر خفت ہوئی کہ ان کی آنکھ لگ گئی تھی اور میں نے جگا دیا۔ میں دوبارہ اسی طرح دبانے لگا کہ شاید پھر سو جائیں۔ اتنی دیر میں مغرب کی اذان شروع ہوگئی۔ میں نے ان کے ہونٹ ہلتے ہوئے دیکھے۔ جوابی کلمہ کہتے تھے۔ اذان پوری ہونے کے چند ہی منٹ بعد اماں اپنی اوڑھنی سے ہاتھ پونچھتی کمرے میں داخل ہوئیں۔ پہلے لائٹ جلائی پھر ابا سے پوچھا، "اچھوانی بنائی ہے آپ کے لیے۔ لادوں یا پہلے نماز پڑھیں گے؟" یہ کہتے ہوئے وہ ان کے سرہانے آگئیں۔ ایک دم گڑبڑا کے میری طرف دیکھا اور بولیں، "ایسے کیوں لیٹے ہیں؟ یوں تو نہیں لیٹتے۔"

مجھے کچھ سمجھ نہ آیا کہ کیا کہتی ہیں۔ میں نے ابا کی طرف دیکھا۔ وہ آنکھیں موندے ہوئے تھے۔ "شاید آنکھ لگ گئی۔" میں نے آواز دھیمی رکھتے ہوئے کہا۔

"نہیں یوں کب سوتے ہیں یہ۔" انھوں نے نفی میں سر ہلایا اور ابا کے کاندھے پر ہاتھ رکھا۔ "اجی سنیے!" انھوں نے خاصی بلند آواز میں پکارا۔

ابا گہری نیند میں بے سدھ لیٹے تھے، جو ناقابلِ یقین تھا۔ وہ تو ذرا سی آہٹ پر جاگ جاتے تھے۔ اب میں ٹھٹکا۔ ابا کو آواز دی۔ ہلایا جلایا، مگر وہ نہ جاگے۔ بھلا ابدی نیند سے بھی کوئی جاگتا ہے۔

میرے بڑے ماموں تعلیم کے محکمے میں تھے۔ بی اے کے امتحان سے فارغ ہوتے ہی انھوں نے مجھے ایک اسکول میں نوکری دلا دی۔ یہ عارضی ملازمت تھی۔ بی اے کا نتیجہ آنے کے بعد پکی ہوگئی۔ اب اماں کو میری شادی کی فکر ہوئی۔ میں شادی کے لیے تیار نہیں تھا۔ آگے پڑھنا اور بہتر ملازمت کرنا چاہتا تھا۔ اس لیے کہ جو کچھ میں کمارہا تھا اس

سے بس گھر کی دال روٹی چل رہی تھی۔ بہن بھائی چھوٹے تھے۔ میں سوچتا، شادی کر کے گھر گرہستی کے چکروں میں پھنس جاؤں گا۔ کسی کے لیے کچھ نہیں کر سکوں گا۔ اماں نے ایک دن بٹھا کے سمجھایا،" آگے پڑھنے سے میں کب روکتی ہوں؟ شوق سے پڑھو۔ گھر بسا لوگے تو میرا ہاتھ بٹانے والی آجائے گی، جو تمھاری ذمے داری سنبھال لے گی۔"
میں نے اماں کو دلائل دے کر قائل کرنے کی کوشش کی۔ انھوں نے ساری باتیں بڑے تحمل اور توجہ سے سنیں پھر بولیں،"ماشاء اللہ پڑھے لکھے ہو۔ بات کرنا جانتے ہو۔ مجھے تو کچھ نہیں آتا۔ سیدھے سادے لفظوں میں ایک بات کہی ہے۔ میری فرمائش پوری کر دو گے تو خوش ہو جاؤں گی۔ آگے جو تمھاری مرضی۔"
بس یہ بات ایسی جا کے میرے دل کو لگی کہ میں نے کہا،" جو آپ چاہیں گی وہی کروں گا۔" اب پلٹ کر زندگی کو دیکھتا ہوں تو بڑی تقویت ملتی ہے۔ بہن بھائیوں کے لیے اس وقت جو ممکن ہوا، خدا نے توفیق دی، میں نے خوشی سے کیا۔ آج سب اپنے اپنے گھر بار کے اور بال بچوں دار ہیں۔ ماشاء اللہ اچھی زندگی جیتے ہیں۔ میری ریٹائرمنٹ میں ابھی چار سال باقی ہیں۔ اپنے تینوں بچوں کے فرض سے فارغ ہو چکا ہوں۔ بیوی اچھی ملی۔ گھر کا ماحول بنائے رکھنے میں اس نے میرا پورا ساتھ دیا۔ سو بس یہ تھی اماں کی مجھ سے پہلی فرمائش۔ کبھی سوچتا ہوں تو ہنسی آجاتی ہے کہ اماں نے اس روز فرمائش کر کے کیسے مجھے قائل کر لیا تھا۔ یہ بات میں یقین سے کہہ سکتا ہوں کہ اماں کو اپنے لیے کوئی فرمائش کرنا آتا ہی نہیں۔ میں نے انھیں جب دیکھا، ایسی ہی کوئی فرمائش کرتے دیکھا جس میں دوسروں کا بھلا ہو۔ اب کے بھی اماں کو جب پتا چلا کہ میں سرکاری دورے پر ملتان جا رہا ہوں تو انھوں نے کہا،"لو بس اللہ نے ایک سبیل نکال دی۔"میں نے سوالیہ نظروں سے ان کی طرف دیکھا تو بولیں،" آپا ناجو کے ہاں جانا ہے۔"میں سمجھا کہ خود جانے کا ارادہ

کرتی ہیں، بتایا، "میں تو بس دو دن کے لیے جا رہا ہوں اور موسم بھی سردی کا ہے۔ وہاں تو ویسے ہی کڑاکے کا جاڑا پڑتا ہے۔ مشکل ہو جائے گی آپ کو۔ ذرا موسم بہتر ہو جائے پھر پروگرام بنائیے گا۔"

بولیں، "میرا جانا ضروری نہیں ہے۔ بس ایک کام ہے، تم کرتے آنا۔"

اس وقت تو خدا جانے کس رَو میں ہامی بھرلی میں نے۔ بعد میں خیال آیا کہ بیس اکیس برس بعد اب ملتان جا رہا ہوں۔ سو پتا نہیں اب شہر کیا سے کیا بن چکا ہو گا۔ راستوں کا مجھے ٹھیک سے اندازہ نہیں۔ بھلا کہاں ڈھونڈتا پھروں گا خالہ ناجو کو۔ کیا معلوم، وہ اب اس دنیا میں ہیں بھی کہ نہیں۔ مجھے تو ان سے ملے ہوئے بھی اتنی مدت ہو گئی۔ انھوں نے جب مجھے دیکھا میں لڑکا تھا اور اب میرے لڑکے ماشاء اللہ جوان تھے۔ وہ بھلا اب مجھے کیا پہچانیں گی۔ وہ خود بھی جانے اب کیا ہو گئی ہوں گی؟ ایسے میں بس ناموں کی پہچان سے کام چلانا ہو گا۔ ملنا ملانا بہت رسمی اور اجنبیت کے ساتھ ہو گا۔ میں نے یہ سب باتیں بعد میں اماں سے کہیں۔ انھوں نے جواب دیا، "ابھی حیات ہیں اور اسی پاک گیٹ والے مکان میں ہیں۔ تم آرام سے گھر پہنچ جاؤ گے۔ کوئی مشکل نہیں ہو گی۔"

"آپ کو کیسے معلوم کہ وہ ابھی حیات ہیں؟"

"میرا دل کہہ رہا ہے۔" اماں نے اطمینان سے جواب دیا۔

مجھے ہنسی آ گئی۔

اماں سنجیدہ تھیں۔ مجھے دیکھا اور بولیں، "کئی دن سے خواب میں آ رہی ہیں۔" اک ذرا تامل کیا پھر بولیں، "دیکھو اب میں بھی ایسی ہی رہتی ہوں اور ان کا بھی جی اچھا نہیں رہتا۔ یوں سمجھو دونوں ہی کا بس اب چل چلاؤ ہے۔ میرے پاس ان کی ایک امانت رکھی ہے، وہ بھیجنی ہے۔ دنیا کی چیز ہے، یہیں واپس ہو جائے، اچھا ہے۔"

پہلے تو مجھ سے کچھ جواب نہ بن پڑا پھر کہا، "ایسا ہے تو پھر آپ کو خود جانا چاہیے۔" کہتے ہی محسوس ہو گیا کہ بے تکی بات کر رہا ہوں۔

"بچے! مجھ سے چلا پھرا نہیں جاتا۔ بڑے جھمیلے ہو جائیں گے مجھے ساتھ لے جانے میں۔" اماں کی بات درست تھی۔ گٹھیا کے مرض کی وجہ سے ان کے چلنے پھرنے کے بڑے مسائل تھے۔ پتا نہیں کیوں، میں بہر حال اس کام کو ٹالنے پر مُصر تھا۔ "وقت نہیں نکلے گا اماں۔ جا نہیں سکوں گا۔"

"اللہ خیر رکھے، نکل آئے گا۔" انھوں نے بڑے تیقن سے کہا، "بس تم میری دی ہوئی چیز ساتھ لے جاؤ، اور کچھ فکر نہ کرو۔ آگے اللہ سب آسانی رکھے گا۔"

میں چپ ہو گیا۔

جس دن چلنا تھا، اماں کے پاس سلام کرنے گیا تو انھوں نے ایک چھوٹی سی پوٹلی اپنے تکیے کے نیچے سے نکالی۔ تکیے کے دوسری طرف سے ایک شاپر نکالا اور اس میں وہ پوٹلی ڈال کر گرہ لگائی اور مجھے یوں تھمائی جیسے کوئی بہت نازک شے ہے۔ بولیں، "آپا ناجو کو سلام کہنا۔ جی اچھا نہیں ہے ان کا۔ میری طرف سے بھی پوچھنا۔ کہنا، میں ان کے لیے پابندی سے دعا کرتی ہوں۔ اللہ انھیں اچھا رکھے۔"

میں نے پوٹلی اٹھا کر کوٹ کی جیب میں ڈال لی۔ اماں نے سر پہ ہاتھ پھیرتے ہوئے خیریت سے لوٹ آنے کی دعا دی۔ اٹھ کر چلنے لگا تو بولیں، "خالی ہاتھ نہیں جایا کرتے۔ ساتھ کچھ پھل لے جانا اور بہت دن بعد ملو گے ان سے، کھڑے کھڑے مت جانا۔ دو گھڑی پاس بیٹھنا۔ بہت کھلایا ہے، بہت لاڈ کیا ہے انھوں نے تم سے۔ شروع میں بہت دن یہ ہوا کہ تمھیں کچھ پچتا نہیں تھا۔ بے چاری روز تمھارے لیے کہیں سے بکری کا دودھ

لے کر آتی تھیں۔"

اماں کی دی ہوئی پوٹلی میں نے لے کر جیب میں رکھ لی تھی اور یہ ساری باتیں بھی آرام سے سنی تھیں۔ خالہ ناجو کے لیے میرے دل میں احترام بھی تھا، مگر سچی بات یہ ہے کہ چلتے چلتے تک میرے ذہن میں یہی تھا کہ لوٹ کر اماں سے کہہ دوں گا کہ وقت نہیں ملا، لیکن اب کاموں سے نمٹ کر ذہن اس بات پر الجھنے لگا کہ اماں سے جھوٹ بولنا پڑے گا۔ تب میرے دل نے کہا، آخر ہوٹل کے کمرے میں پڑے ہوئے تمھیں کیا ملے گا۔ ٹی وی دیکھوگے، چائے کافی پیوگے۔ خالی وقت گزاروگے۔ اس سے بہتر ہے نکلو اور اماں کی فرمائش پوری کر آؤ۔ اس وقت دفتر کی گاڑی کاموں سے نمٹ کر واپس مجھے ہوٹل اتارنے کے لیے جارہی تھی۔ میں نے ڈرائیور سے کہا کہ پاک گیٹ لے چلو۔

"پاک گیٹ کس جگہ جانا ہے سر؟" ڈرائیور نے پوچھا۔

"بس تم چوک پر اتار کر چلے جانا۔ آگے میں خود دیکھ لوں گا اور واپس بھی خود ہی آ جاؤں گا۔"

"میں رک جاؤں گا، جب تک آپ کہیں گے سر جی، کوئی مسئلہ نہیں ہے۔"

"نہیں مجھے دیر ہو جائے گی اور پھر معلوم نہیں آگے میرا کیا پروگرام بنے۔ بس تم اتار کر چلے جانا۔"

"بہتر ہے سر!"

مختلف راستوں سے گزرتے ہوئے میں شہر میں ہونے والی تبدیلیوں پر غور کر رہا تھا۔ پچھلے بیس برس میں کہتے ہیں کہ دنیا بہت بدلی ہے۔ یہ خیال ایسا غلط بھی نہیں ہے۔ ممکن ہے کہ اس عرصے میں ملتان میں تبدیلی کی رفتار بہت زیادہ نہ رہی ہو، لیکن دیکھنے سے اندازہ ہو رہا تھا کہ یہ شہر بھی اب کیا سے کیا ہو گیا تھا۔ گاڑی کچہری چوک کے فلائی

اوور سے گزر رہی تھی، جو میں پہلی بار دیکھ رہا تھا۔ میں جس سے واقف تھا، یہ وہ کچہری چوک نہیں تھا، حالاں کہ کچہری یعنی لوئر کورٹس اور سیشن کورٹس وہیں اپنی جگہ پر تھے۔ گھنٹا گھر کی طرف جاتے ہوئے لڑکیوں کا کالج بھی اپنی جگہ تھا۔ اس سے آگے کئی عمارتیں نئی نظر آئیں۔ ظاہر ہے پرانی گرا کر کثیر المنزلہ عمارتیں اٹھائی گئی ہوں گی۔ ذرا سا آگے قاسم العلوم کا گیٹ نظر آیا مگر اب یہ مدرسۃ للبنات ہو گیا تھا۔ اس زمانے میں جب یہ مدرسہ قاسم العلوم تھا، یہاں کتنی رونق رہتی تھی۔ اس کے اندر جو مسجد تھی، وہاں صرف مدرسے کے طلبہ اور اساتذہ ہی نماز نہیں پڑھتے تھے، آس پاس کی آبادی سے بھی خاصے نمازی یہاں آیا کرتے تھے۔ جب کبھی مولانا فضل الرحمن کے والد مولانا مفتی محمود صاحب یہاں آتے تو قریب کے ہی نہیں دور دراز سے بھی بہت لوگ ان سے ملنے اور ساتھ نماز پڑھنے کے لیے پہنچا کرتے تھے۔

یہ سوچتے ہوئے مجھے یاد آیا کہ انتقال کے بعد جب مولانا مفتی محمود کی میت آبائی گاؤں لے جائی گئی تو ملتان میں روک کر بھی ان کی نمازِ جنازہ ادا کی گئی تھی۔ نماز جنازہ کا انتظام مسلم ہائی اسکول کے سامنے والے گراؤنڈ میں کیا گیا تھا۔ اس وسیع و عریض گراؤنڈ کے تین حصے تھے جن میں بہ یک وقت کرکٹ، ہاکی اور باسکٹ بال کے میچ ہوا کرتے تھے۔ نماز جنازہ میں جانے کہاں کہاں سے لوگ آ کر شریک ہوئے تھے۔ اس گراؤنڈ کے بائیں طرف بوائے اسکاؤٹس ہیڈ کوارٹر تھا اور پچھلی طرف سے ایک راستہ سول لائنز کالج کو جاتا تھا۔ بھٹو صاحب کے شیدائی اس زمانے میں سب سے زیادہ اسی کالج میں تھے۔ جنرل ضیاء الحق نے جب ۱۹۷۷ء میں مارشل لگایا اور انھیں نظر بند کیا تو ملتان میں نکلنے والے طلبہ کے جلوسوں کی قیادت اسی کالج کے لڑکے کیا کرتے تھے۔ طلبہ تنظیموں پر لگنے والی پابندی پر احتجاج کرنے کی وجہ سے اسی کالج کے لڑکے سب سے زیادہ اس دور

میں گرفتار ہوئے تھے۔

سول لائنز کالج سے نکلنے والے جوان پرجوش طلبہ کے یہ جلوس پل موج دریا کے چوک پر پہنچ کر رکتے تھے۔ طلبہ لیڈر دھواں دھار تقریریں کرتے۔ ضیاء الحق کے خلاف اور بھٹو صاحب کے حق میں زوردار نعرے لگتے۔ ایک ایک کر کے تصویریں آنکھوں کے آگے سے گزر رہی تھیں۔ ذرا سی دیر میں مجھے کیا کچھ یاد آ رہا تھا۔

گاڑی اب گھنٹا گھر چوک سے گزر رہی تھی، لیکن یہاں تو اب نقشہ ہی کچھ اور تھا۔ وہ پھولوں کے ٹوکرے لے کر بیٹھنے والے کہیں نظر آ رہے تھے نہ وہ مٹکے کی قلفی بیچنے والے کی دکان تھی اور نہ ہی وہ برابر والا ہوٹل تھا جس کے سامنے چارپائیوں پر بیٹھے لوگ مٹھی چاپی کراتے رہتے تھے۔ وہ گولی والی بوتل کی دکان بھی نظر نہیں آ رہی تھی۔ گھنٹا گھر کی عمارت جہاں بلدیہ کے دفاتر تھے اور کبھی یہاں بلدیاتی نمائندوں کا اجلاس ہوا کرتا تھا، اب وہ بھی کچھ سے کچھ ہو گئی تھی۔ "یہ علاقہ تو بہت بدل گیا، اب تو نقشہ ہی کچھ اور ہے۔" میں نے ذرا بلند آواز سے کہا۔

"جی سر! شہر کے کئی علاقے بدل گئے ہیں۔ آپ بہت دن بعد آئے ہیں۔"

"ہاں۔" میں نے جواب دیا اور گاڑی کو لوہاری گیٹ کے برابر والی روڈ پر چڑھتے دیکھنے لگا۔ یہی روڈ آگے بوہڑ گیٹ کی طرف نکلے گی۔ اس سے آگے حرم گیٹ اور اس کے بعد پاک گیٹ۔ ان علاقوں میں بھی بہت تبدیلی آ گئی ہو گی۔ میں نے سوچا پھر ڈرائیور سے پوچھا، "پاک گیٹ کا علاقہ کتنا بدلا ہے؟"

"زیادہ نہیں بدلا سر جی۔ اصل میں یہ حصہ تو سارے کا سارا پرانا شہر ہے۔ یہاں مکان، دکانیں، بازار، گلیاں سب آپس میں گتھے ہوئے ہیں، اس لیے اسے زیادہ نہیں بدلا جا سکتا۔" ڈرائیور کے فقرے سے مجھے جیسے طمانیت محسوس ہوئی۔ بہت برسوں بعد ہی

سہی، جہاں جارہا ہوں وہاں ایسی تبدیلی نہیں ہو گی کہ مجھے علاقہ ہی اجنبی لگے۔ میں نے سوچا۔ عمر گزر گئی، بڑھاپے کی دہلیز پر آپہنچا ہوں مگر جانے کیا ہے کہ اجنبیت سے خواہ لوگوں سے ہو یا جگہوں سے، مجھے اب بھی وحشت ہوتی ہے۔ میں حتی الوسع مانوس لوگوں کے ساتھ اور مانوس جگہوں پر ہی اطمینان محسوس کرتا ہوں۔ اعلیٰ سول سروس کا امتحان دینے کے بعد میں جس شعبے میں آیا، اس میں دوسرے شہروں میں آنے جانے اور بعد ازاں ملک سے باہر کے دوروں کے بہت مواقع آتے ہیں۔ میری زندگی میں بھی آئے اور میں گیا بھی ہوں، لیکن وہیں جہاں لازماً جانا پڑا۔ اس کے لیے بھی میں نے کوشش کی کہ دفتر کا کوئی نہ کوئی ساتھی ہم راہ ہو۔ اب سے نہیں، میری یہ عادت شروع سے ہے۔

صاف بات اصل میں یہ ہے کہ اماں نے جب خالہ ناجو کے یہاں جانے کو کہا تو فوراً میرے ذہن میں یہی خیال آیا کہ اس عرصے میں شہر بہت بدل چکا ہو گا۔ مجھے راستہ سمجھ نہیں آئے گا، گلیوں بازاروں میں بھٹکتا پھروں گا۔ اس کے ساتھ جو دوسرا کوندا ذہن میں لپکا، وہ اور وحشت خیز تھا۔ اتنی مدت کے بعد خالہ ناجو مجھے کیا پہچانیں گی۔ بے چاری خود پتا نہیں کس حال میں ہوں گی؟ ان کا ایک بیٹا ریاض میرا ہم عمر تھا اور ہماری دوستی بھی تھی، لیکن میری ملازمت کے آغاز کے دنوں سے ہی ہمارا ملنا ملانا کم ہو گیا تھا۔ جب میں سول سروس کے امتحان کی تیاری کر رہا تھا تو ساری دنیا سے کٹ گیا تھا، پھر اس سروس میں آنے کے بعد تو شب و روز ہی بدل گئے۔ اب ہم ملیں بھی تو بڑی اجنبیت حائل رہے گی۔ بس ان باتوں نے مجھے الجھایا اور میں نے سوچا کہ اماں کو ٹال دوں گا۔

جہاز کا سفر چاہے کتنا ہی مختصر ہو مگر میں پھر بھی کچھ دیر اونگھنے کی گنجائش نکال ہی لیتا ہوں۔ اب کے بھی یہی ہوا، لیکن یہ اونگھ نہیں، گہری نیند تھی جس میں، میں نے باقاعدہ خواب بھی دیکھا۔ دیکھا کہ میں خالہ ناجو کے پاس بیٹھا ہوں۔ وہ بہت محبت سے مجھ سے

بات کرتی ہیں اور اماں کو تھوڑی تھوڑی دیر میں یوں یاد کرتی ہیں کہ جیسے انھیں بہت مس کرتی ہوں۔ میرے سب بہن بھائیوں کا احوال نام لے کر فرداً فرداً پوچھا۔ میری بیوی اور بچوں کا پوچھا۔ اپنے بچوں کا بتایا۔ یہ ساری باتیں اس انداز سے اور ایسے ماحول میں ہوتی رہیں کہ مجھے ایک پل کو بھی یہ نہ لگا کہ میں خواب دیکھتا ہوں۔ اسنیکس کی ٹرالی لے کر آنے والی خاتون نے میرا کاندھا تھپتھپایا تو میں جاگا۔ مجھے اس خواب پر حیرت ہوئی، لیکن پھر میں نے اس سے ذہن ہٹالیا اور اپنی سرکاری مصروفیات کے بارے میں سوچنے لگا۔

خواب سے تو میں نے ذہن ہٹالیا، لیکن خالہ ناجو سے میرا دھیان نہ ہٹا۔ کبھی وہ، کبھی ان کی باتیں، کبھی ان کے بچے، کبھی ان کا گھر رہ رہ کر ان سے متعلق کچھ نہ کچھ ذہن میں آنے لگا۔ سچی بات یہ ہے کہ ان کو میری اماں ہی نہیں، ابا اور بہن بھائیوں سمیت پورا گھر ہی پسند کرتا تھا۔ حقیقت یہ ہے کہ مجھے تو بہت دیر میں پتا چلا کہ وہ اماں کی سگی بہن نہیں ہیں، ورنہ ہم سب بہن بھائی انھیں اپنی حقیقی خالہ ہی سمجھتے تھے۔ اصل میں وہ ہمارے ساتھ رہتی بھی اسی طرح تھیں کہ کیا اپنے رہتے ہوں گے۔ وہ اماں سے عمر میں دس بارہ سال بڑی ہوں گی۔ ان کا دیکھ بھال کرنے والا مزاج ہر وقت اماں اور ہم سب بہن بھائیوں کا پرسان حال رہتا۔

وہ ہمارے گھر سے تین گلی ادھر رہتی تھیں، لیکن صبح سے شام تک کئی چکر ہمارے گھر کے لگاتیں۔ وہ شٹل کاک برقع پہنتی تھیں مگر اس کی ٹوپی سر پہ جما کر چہرے کا نقاب الٹ دیتیں اور چادر جسم کے گرد یوں لپیٹ لیتیں کہ کاندھوں سے ٹخنوں تک اس میں چھپ جاتیں۔ میاں ان کے جوانی میں فوت ہوگئے تھے۔ چار بیٹیاں اوپر تلے تھیں جن میں سے دو تو سیانی ہوگئی تھیں۔ بیٹے دو تھے اور بہنوں سے چھوٹے۔ گھر میں کمانے کھلانے والا کوئی نہ تھا۔ خالہ نے عدت کے دن تو جیسے تیسے گزارے اور اس کے بعد برقع سر پہ

رکھا اور گھر سے نکلنے لگیں۔ محلے پڑوس میں گھوم کر وہ سلائی کے لیے کپڑے اکٹھے کرتیں اور گھر جا کر بیٹیوں کو ساتھ لگا کر سینے بیٹھ جاتیں۔ یوں گھر کا دال دلیا چلنے لگا۔ بڑی لڑکی میٹرک پاس کر چکی تھی۔ اس سے محلے کے کچھ بچے پڑھنے کے لیے بھی آنے لگے۔ پھر تو یہ سلسلہ ایسا چلا کہ شاید ہی محلے کا کوئی گھر ہو جس کا کوئی نہ کوئی بچہ خالہ ناجو کے یہاں پڑھنے نہ آتا ہو۔ اس سلائی کڑھائی کے کام اور بچوں کی ٹیوشن سے ان کا گھر چلتا رہا۔ ایک ایک کر کے بیٹیوں کی شادیاں کیں اور بیٹے تعلیم حاصل کر کے ملازمتوں تک پہنچے۔

خالہ ناجو نے کڑے دن ضرور گزارے ہوں گے، لیکن میرے حافظے میں کوئی واقعہ ایسا نہیں ہے جس میں وہ وقت سے یا لوگوں سے شکوہ کرتی نظر آئیں۔ ان کا اصل نام کیا تھا، مجھے آج تک معلوم نہیں۔ میں نے تو سب بڑوں کو انھیں آپا ناجو اور بچوں کو خالہ ناجو پکارتے ہی سنا تھا۔ ان کا رنگ سفید تھا، لیکن اس میں نمایاں قسم کی پیلاہٹ جھلکتی تھی۔ قد لانبا اور جسم اکہرا تھا۔ تیز قدموں سے چلتیں اور محلے بھر کی خبر گیری کرتیں۔ کسی کے یہاں زچہ بچہ کا مسئلہ ہو، کوئی بیمار ہو، کہیں سگائی یا بیاہ کی تیاری ہو، خالہ ناجو سب کے یہاں اول تو بن بلائے پہنچ جاتیں ورنہ بس ایک بار کہلا بھیجنے کی دیر ہوتی۔ اس کے بعد کام نمٹنے تک وہ اس گھر کی ہو رہتیں۔ دن میں دس کام ہوں، دس چکر لگانے پڑیں، مجال ہے جو کبھی وہ انکار کریں یا غیر حاضر نظر آئیں۔ اماں سے تو ان کا معاملہ ہی الگ تھا۔ اماں انھیں بڑی بہن سمجھتیں اور خالہ نے بھی ہمیشہ بڑی بہن ہونے کا ثبوت دیا۔ ابا کے انتقال کے بعد تو وہ دن کا زیادہ حصہ ہمارے گھر میں گزارتیں۔ عدت کے بعد جب اماں نے گھر سے باہر پہلی بار قدم نکالا تو خالہ ناجو انھیں اپنے گھر لے کر گئیں۔ کھانا کھلایا۔ چلتے ہوئے ایک سوٹ اور کانچ کی چوڑیاں دیں۔ اس کے بعد اماں کو میرے بڑے ماموں اپنے گھر لے کر گئے تھے۔

پاک گیٹ چوک پر مجھے اتارتے ہوئے ڈرائیور نے ایک بار پھر رک کر انتظار کرنے کا عندیہ دیا۔ میں نے اسے منع کیا اور گاڑی سے اتر کے النگ کی طرف چل دیا۔ دائیں بائیں پھلوں کے ٹھیلے نظر آرہے تھے۔ مجھے یہ خیال بھی آیا تھا کہ اگر خالہ نا جو اس گھر میں نہ ملیں تو ان پھلوں کا کیا کروں گا۔ بہر حال اماں کی ہدایت پر عمل کرتے ہوئے پھل لیے اور آگے بڑھا۔ اب بہ یک وقت کئی سمتوں کو جاتے ہوئے راستے میرے سامنے تھے۔ میں نے رک کر ایک لمحہ سوچا اور بس پھر یک لخت سارا نقشہ میرے ذہن میں کھلتا چلا گیا۔ اتنے برس کی دوری کا سارا حساب ایک پل میں منہا ہو گیا۔ مجھے یوں لگا جیسے ابھی ذرا سی دیر پہلے میں فالسے کا شربت لینے آیا ہوں۔ گرمیوں کے موسم میں حکیم محمود اعظم کے دواخانے سے شربت فالسہ اور شربت بزوری ہمارے گھر اکثر جایا کرتے تھے۔ ان سے مہمانوں کی تواضع بھی کی جاتی اور گرمیوں میں اماں ہم بہن بھائیوں کو بھی اکثر دوپہر میں پلایا کرتی تھیں۔ حکیم صاحب کا مطب داہنے ہاتھ پر شروع کی دکانوں میں تھا۔ اس سے آگے چل کر داہنے ہاتھ پر ہی ایک گلی اندر مڑتی تھی۔ اس میں اتر جایئے تو بیس بائیس قدم بعد بائیں ہاتھ مڑ کر سیدھا چلتے رہیے۔ اسی گلی میں نواں مکان ہمارا تھا۔

حکیم صاحب کا مطب ختم ہو چکا تھا۔ اس کی جگہ اب پلاسٹک کے برتنوں کی دکان کھل گئی تھی۔ اس کے برابر میں جو دودھ دہی کی ڈکان تھی وہاں بھی اب ایک شخص کھلونے لیے بیٹھا تھا۔ آگے چل کر یہ راستہ دوشاخہ ہو جاتا تھا۔ بائیں طرف چلیں تو صرافہ بازار میں جا نکلیں۔ میرے قدم خود بہ خود اپنے راستے کی طرف اٹھ رہے تھے۔ اپنی گلی میں داخل ہوا تو بچپن سے ذہن میں رچی ہوئی بو نے استقبال کیا۔ یہ گلی بہت کشادہ نہیں تھی۔ دورویہ مکانات بھی بڑے نہیں تھے۔ جب میں اپنے مکان کے آگے پہنچا تو قدم خود بہ خود تھم گئے۔ مکان کا ایک دروازہ بند تھا۔ دوسرے کے آگے دو بچے بیٹھے پلاسٹک کے

بلا کس سے کچھ بنا رہے تھے۔ ان کی عمریں ڈھائی تین برس کے لگ بھگ ہوں گی۔ چہرے سے دونوں بھائی اور جڑواں معلوم ہوتے تھے۔ جی میں آیا دروازے پر دستک دوں۔ کوئی مرد ہو تو اسے بتاؤں کہ یہ ہمارا مکان تھا۔ اب اتنے برس بعد آیا ہوں۔ ایک بار اندر سے دیکھنا چاہتا ہوں کہ اب یہ مکان کیسا ہے؟ خیال آیا، معلوم نہیں کون لوگ ہیں، میری اس بات کا مطلب کیا سمجھیں اور کیا جواب دیں۔ یوں بھی مکان کی حالت باہر سے کچھ اچھی نظر نہیں آ رہی تھی۔ لگ رہا تھا، برسوں سے رنگ روغن تو کیا، صفائی کا بھی کوئی اہتمام نہیں کیا گیا۔ دروازے بھی چکٹ گئے تھے۔ بچوں نے مجھے کھڑا ہوا دیکھا تو متوجہ ہوئے۔ ایک مسکرایا، دوسرا سنجیدہ رہا۔ وہ پھر اپنے بلا کس میں مصروف ہو گئے۔ میرے قدم بھی آگے اٹھنے لگے۔

ذرا سی دیر میں، تین گلیوں سے ہوتا ہوا خالہ ناجو کے مکان کے آگے تھا۔ مجھے ایک دم حیرت ہوئی کہ کسی سے کچھ بھی پوچھے بغیر میں کسی سہولت سے یہاں پہنچ گیا ہوں۔ تب مجھے اماں کی بات یاد آئی کہ تم آرام سے گھر پہنچ جاؤ گے، کوئی مشکل نہیں ہو گی۔ ان کی یہ بات تو بالکل درست ثابت ہوئی تھی، لیکن کیا خالہ ناجو اب بھی واقعی اس مکان میں رہتی ہیں؟ میں نے خود سے پوچھا۔ یہ بات تو دروازہ کھٹکا کر ہی معلوم ہو گی۔ میں نے خود کو جواب دیا۔ اگر وہ یہاں نہیں رہتیں تو؟ کوئی بات نہیں۔ میں اس مکان کے باسی سے معذرت کر لوں گا اور پوچھوں گا کہ آیا وہ اس حوالے سے میری کوئی رہ نمائی کر سکتا ہے؟ یہ سب خود سے کہنے کے باوجود مجھے دروازے پر دستک دینے میں جھجک ہو رہی تھی۔ میں نے در و دیوار پر نظر ڈالی۔ مکان سنبھلی ہوئی حالت میں تھا۔ اندازہ ہو رہا تھا کہ مکین اس سے غافل نہیں تھے۔ میں نے اس کی پہلے والی حالت ذہن میں لانے کی کوشش کی۔ خیال ہوا کہ مکان اب پہلے سے قدرے بہتر حالت میں ہے۔ میں ابھی دستک دینے کا ارادہ کر

ہی رہا تھا کہ اچانک دروازہ کھلا اور انیس بیس برس کا ایک لڑکا سال بھر کی بچی کو گود میں لیے برآمد ہوا۔ میں ایک لمحے کو ہڑبڑایا۔ لڑکا بھی مجھے یوں دروازے کے عین سامنے کھڑے دیکھ کر ٹھٹکا پھر سنبھل کر بولا،"جی!"

"بیٹے جمیل صاحب سے ملاقات ہو سکتی ہے؟" میں نے خالہ کے بڑے بیٹے کا نام لے کر پوچھا۔

"وہ تو یہاں نہیں رہتے۔" اس نے قطعیت مگر شائستگی سے جواب دیا۔

میں بالکل گڑبڑا گیا۔ کچھ سمجھ نہ آیا اب کیا کہوں یا کیا کروں۔

اس نے میری صورت دیکھی اور پھر اسی شائستگی سے پوچھا،"آپ کون؟"

"بیٹے میرا نام مزمل ہے اور میں اسلام آباد سے آیا ہوں۔"

"آپ یقیناً بہت عرصے بعد آئے ہیں۔ ان کو تو یہاں سے شفٹ ہوئے نو سال سے زیادہ ہو گئے۔" اس کی نظریں میرے چہرے پر تھیں۔

میں نے اثبات میں سر ہلایا،"میں تو بہت برسوں بعد آیا ہوں۔"

میرے اس جواب پر اس نے بھنویں چڑھا کر حیرت کا اظہار کیا اور کچھ کہنے کے لیے منہ کھولا، لیکن ایک لمحے رکا اور پھر اسی شائستگی سے بولا،"میں آپ کو ان کا موبائل نمبر دیتا ہوں، آپ کو نٹیکٹ کر لیجیے ان سے۔"

لڑکے کی شائستگی سے مجھے ذرا حوصلہ ہوا۔ میں نے جیب سے فوراً موبائل نکالا اور کہا،"اصل میں مجھے ان سے تو کوئی کام نہیں ہے، ان کی والدہ خالہ ناجو سے۔۔۔" اور میں پھر گڑبڑا گیا کہ کیا کہہ رہا ہوں اور کس سے کہہ رہا ہوں۔ یہ بات اس نوجوان سے کہنی بھی چاہیے کہ نہیں۔

لڑکا توجہ سے میری بات سن رہا تھا۔ اس نے چند لمحے انتظار کیا کہ میں اپنی بات

پوری کروں مگر مجھے خاموش پا کر بولا، "آپ کو دادی سے ملنا ہے؟"

میں نے کچھ سمجھتے اور کچھ نہ سمجھتے ہوئے سر کے اشارے سے ہاں کہا۔

"اچھا رکیے، میں ابّو کو بلاتا ہوں۔" یہ کہہ کر وہ الٹے قدموں گھر میں داخل ہوا اور پیچھے دروازہ کھلا چھوڑ گیا۔

ایک ڈیڑھ منٹ بعد کوئی صاحب کھنکارتے آتے سنائی دیے۔ وہ بیٹے سے کہہ رہے تھے، "اس نام کے تو ایک ہی صاحب ہو سکتے ہیں۔ وہ تمھارے چچا ہیں۔ باہر کیوں کھڑا کر دیا انھیں۔ اندر لے آتے۔" اتنی دیر میں وہ دروازے پر تھے۔ ایک پل کے لیے مجھے دیکھا اور پھر دونوں ہاتھ پھیلا کے میری طرف بڑھے، "ارے مزمل بھائی آپ!" انھوں نے مجھے سینے سے لگا لیا۔ اب میں بھی پہچان چکا تھا۔ یہ ریاض تھا، خالہ ناجو کا چھوٹا بیٹا۔ وہ بھینچ کر مجھے گلے لگائے ہوئے تھا اور دونوں ہاتھ میری کمر پر تھپتھپا کے خوشی کا اظہار کر رہا تھا اور بار بار کہے جا رہا تھا، "آپ کو دیکھ کر جی خوش ہو گیا۔" اس کا یوں جوش سے ملنا مجھے بھی بہت اچھا لگا۔ پھر وہ الگ ہوا اور فوراً میرا ہاتھ پکڑ کر ایسے آگے بڑھا جیسے بچپن میں کھیلتے ہوئے کرتا تھا۔ آگے بڑھتے ہوئے وہ اچانک رکا اور بیٹے سے بولا، "یہ تمھارے چچا ہیں۔ انھیں باہر کیوں کھڑا کیا۔ اندر لے کر آتے۔" پھر وہ بچے کا جواب سنے اور میری طرف دیکھے بغیر میرا بازو پکڑے ہوئے چلنے لگا۔ بولا، "مزمل بھائی! آیئے آیئے، اندر آیئے۔ اماں سے ملواؤں آپ کو۔ وہ تو پچھلے تین دن سے خالہ کا بلکہ آپ سب لوگوں کا بہت ذکر کر رہی ہیں۔ آپ کو دیکھ کر تو خوش ہی ہو جائیں گی۔ آج صبح ہی پتا ہے، انھوں نے مجھ سے کیا کہا؟ خالہ کا نام لے کر کہنے لگیں، 'کہیں سے اتا پتا لو اور مجھے ایک بار لے جا کر ملوا لاؤ بس اس سے۔"

میں اس کی بات کا جواب دینا چاہتا تھا، بلکہ کچھ نہ کچھ جواب دے بھی رہا تھا، مگر

اسے میرے جواب سے کوئی سروکار ہی کب تھا۔ وہ تو بس اپنی کہے جا رہا تھا۔ میں دل ہی دل میں ہنس دیا۔ اتنی عمر ہو جانے کے بعد بھی وہ اب تک ویسا کا ویسا ہی تھا۔ جذبات سے مغلوب ہو جانے اور جوش میں کھو جانے والا۔ اس کی اس سادگی نے میرا دل موہ لیا تھا۔ اس لیے میں اطمینان سے ہاتھ پکڑائے ہوئے اس کے پیچھے لپک رہا تھا۔ خالہ ناجو کے اس گھر سے میں اسی طرح اور اتنا ہی مانوس تھا، جتنا خود اپنے گھر سے۔ دروازے سے داخل ہوتے ہی الٹے ہاتھ والا کمرہ بیٹھک کہلاتا تھا۔ یہاں رسمی مہمانوں کو بٹھایا جاتا۔ ذرا سا آگے جائیں تو اسی ہاتھ پر ایک چھوٹا کمرہ تھا جو اسٹور کا کام دیتا۔ خالہ کے یہاں یہ گودام کہلاتا تھا۔ اس کے برابر میں باورچی خانہ تھا۔ سامنے کے رخ پر دو کمرے متصل تھے اور سیدھے ہاتھ پر ایک کمرہ اور تھا۔ ریاض مجھے اسی سیدھے ہاتھ والے کمرے کی طرف لیے جا رہا تھا کہ باورچی خانے کے دروازے پر ایک ادھیڑ عمر نسوانی صورت ابھری۔ ریاض رک کر اس سے مخاطب ہوا، "یہ مزمل بھائی ہیں۔ اسلام آباد سے آئے ہیں، اماں سے، میرے سے ملنے کے لیے۔" پھر اس نے میری طرف دیکھا، بولا، "مزمل بھائی، یہ آپ کی بھابی ہے۔" خاتون نے سر پہ ڈوپٹہ درست کرتے ہوئے کہا، "سلالیکم بھائی!" میں نے جواب دیا اور پھلوں کے تھیلے آگے بڑھا دیے۔

"بھائی یہ کیا تکلف کیا؟ آپ کا اپنا گھر ہے یہ، اس کی کیا ضرورت تھی۔" خاتونِ خانہ نے تھیلے میرے ہاتھ سے نہیں لیے تھے۔

"اپنے گھر میں بھی آدمی لے کر آتا ہے بھابی۔ لیجیے پلیز۔" میں نے کہا۔

"اچھا بھئی چل لے لے اب۔" ریاض نے کہا۔

اتنی دیر میں باورچی خانے کے دروازے پر بائیس تیئس برس کی لڑکی ان کے برابر سے نکل کر آئی اور بلند آواز میں سلام کر کے سر میرے آگے کیا۔ میں نے سر پہ ہاتھ

رکھا۔ ریاض نے بتایا، "یہ بڑی لڑکی ہے۔ اس کی شادی ہو چکی۔ یہ بچی اسی کی ہے۔" اس نے دروازے پر ملنے والے لڑکے کی گود میں گول مٹول بچی کی طرف اشارہ کیا۔ "میرے چار بچے ہیں۔ یہ دونوں بڑے ہیں۔ چھوٹا لڑکا اور لڑکی ٹیوشن پڑھنے گئے ہیں۔ بس اب آدھے گھنٹے میں آنے والے ہوں گے۔" اس نے گھڑی دیکھ کر کہا۔ پھر پوچھا، "آپ کے ماشاء اللہ کتنے بچے ہیں؟"

"میرے تین بچے ہیں۔"

"ماشاء اللہ، ماشاء اللہ۔ آپ میرے سے ایک بچہ پیچھے رہ گئے۔" ریاض نے قہقہہ لگایا۔

مجھے بھی ہنسی آگئی۔

"آپ کی شادی تو میرے سے کئی سال پہلے ہو گئی تھی۔ بچے تو ماشاء اللہ سب سیانے ہوں گے۔" ریاض نے کہا۔

"جی، جی۔"

"بھائی ہماری بھابی بھی ٹھیک ہیں؟" خاتون نے پوچھا۔

"جی، خدا کا شکر ہے۔"

"راجے! کون آیا ہے بچے؟" یہ آواز داہنے ہاتھ کے کمرے سے آئی تھی اور میں نے پہچان لی تھی۔

"خالہ پوچھ رہی ہیں؟" میں نے ریاض کی طرف دیکھا۔

"ہاں اماں ہی تو پوچھ رہی ہیں۔" وہ تیزی سے کمرے کی طرف بڑھا۔

میں بھی پیچھے ہو لیا۔

"لو اماں! دیکھو تو کون آیا ہے؟ اپنے مزمل بھائی آئے ہیں تم سے ملنے کے لیے۔"

اس نے کمرے کے دروازے پر ہی بلند آواز میں اعلان کر دیا۔

میں نے کمرے میں داخل ہوتے ہوئے سامنے دیوار کی طرف بان کی کھری چارپائی پر کپڑوں کی ایک چھوٹی سی گٹھڑی کو دیکھا۔ کمرہ نیم تاریک تھا۔ ریاض نے بلب جلایا تو گٹھڑی کو جنبش ہوئی پھر میں نے دیکھا کہ ڈوپٹہ منہ پر ڈال کر لیٹی ہوئی خالہ چارپائی کی پٹی کا سہارا لیتی ہوئی اٹھ بیٹھیں۔ بال سمیٹ کر انھوں نے ڈوپٹہ سر پہ درست کیا پھر تکیے کے برابر رکھی ہوئی عینک اٹھا کر ناک پر رکھی اور پوچھا، "کون آیا ہے بچے؟"

اس سے پہلے کہ ریاض بولے، میں آگے بڑھا "السلام علیکم خالہ! میں ہوں مزمل، ہاجرہ کا بیٹا۔"

خالہ خاموشی سے میرا چہرہ دیکھ رہی تھیں۔

"مزمل بھائی ہیں اماں، اپنے مزمل بھائی، ہاجرہ خالہ کے بڑے بیٹے۔" ریاض نے اونچی آواز میں کہا پھر میری طرف دیکھا اور آواز نیچی کر کے بولا، "اماں اونچا سننے لگی ہیں اب۔ آپ ان سے اونچی آواز میں بات کرنا۔"

میں نے دوبارہ بلند آواز میں خالہ کو سلام کیا۔

انھوں نے دونوں ہاتھ آگے بڑھائے۔ میں ان کے اور قریب ہو گیا۔ انھوں نے دونوں ہاتھ پورے سر پہ پھیرے اور پھر میرے چہرے کو تھام کر پوچھا، "کیسے ہو میرے لال؟" ان کے ٹھنڈے اور کھردرے ہاتھ میرا چہرہ تھامے ہوئے تھے۔

میں ان کے سامنے زمین پر بیٹھ گیا اور کہا، "میں ٹھیک ہوں خالہ۔ آپ بتایئے، آپ کیسی ہیں؟"

ریاض نے جلدی سے سامنے کی دیوار کے ساتھ رکھی کرسیوں میں سے ایک اٹھا کر آگے کی اور بولا، "اس پر بیٹھ جایئے اماں کے پاس ہی۔"

"ماں کیسی ہیں تمھاری؟" خالہ نے شاید میرا جواب ٹھیک سے نہیں سنا تھا۔

میں نے اب آواز کچھ اور اونچی رکھی اور ان کی خیریت پوچھی، پھر اپنی، اماں اور سب بہن کی خیریت بتائی۔ یہ بھی بتایا کہ وہ انھیں بہت یاد کرتی ہیں اور اکثر ان کا ذکر کرتی رہتی ہیں۔

خالہ کی آنکھوں میں روشنی کی ایک لہر سی اتر آئی۔ بولیں، "ماں کو ساتھ ہی لے آتے۔ مل جاتیں مجھ سے۔"

"خالہ، میں تو اپنے دفتر کے کام سے بس دو دن کے لیے آیا تھا۔ اگلی بار ساتھ لے کر آؤں گا۔"

"اچھا ٹھیک ہے، پر جلدی آنا۔ اس دفعہ بہت دنوں پیچھے آئے ہو۔"

"نہیں خالہ، اب جلدی آؤں گا۔ بس چند مہینے بعد ہی آپ کے پاس آتا ہوں اماں کو ساتھ لے کر۔"

"مزمل بھائی! خالہ کو لے کر آؤ تو یہیں رکنا آکر اماں کے پاس۔ یہ آپ کا ہی گھر ہے۔" ریاض بولا۔

"ارے یہ بھی کوئی کہنے کی بات ہے، جیسے تیرا ہے، ایسے ہی اس کا بھی ہے۔ اور ہاجرہ یہاں آکر اور بھلا کہیں رک سکتی ہے۔ میرے ہی پاس رکے گی۔" خالہ نے پورے یقین سے کہا۔ پھر وہ مجھ سے میرے بیوی بچوں کا پوچھنے لگیں۔ اس اثنا میں ریاض کی بیگم چائے کی کشتی اٹھائے ہوئے کمرے میں داخل ہوئیں۔ ریاض نے لپک کر چھوٹی میز کھینچ کر میرے اور خالہ کے درمیان جمائی۔ چائے پیتے ہوئے مجھے اماں کی دی ہوئی امانت کا خیال آیا۔ میں نے جیب سے وہ پوٹلی نکال کر خالہ کو دی۔ انھوں نے کچھ بھی پوچھے یا کہے بغیر آرام سے لے کر اپنے تکیے کے نیچے رکھی اور بولیں، "کئی دن سے ہاجرہ خواب میں آ

رہی ہے۔ اس کا بھی بتایا تھا کہ بھیج رہی ہے۔ میں نے کہا بھی کہ رہنے دو۔ تمھارے پاس ہے یا میرے پاس ہے، ایک ہی بات ہے۔ کہنے لگی، آپا، امانت ہے آپ کی۔ وقت کا بھروسا نہیں اب۔ اچھا ہے جیتے جی آپ کے پاس پہنچ جائے۔ میں نے کہا، خدا تمھیں بچوں پہ سلامت رکھے۔ وقت تو پہلے ہمارا ہے۔ ہنس کر بولی، آپا ضروری تھوڑی ہے کہ جانے کی ترتیب بھی وہی ہو جو آنے کی تھی۔" پھر وہ جیسے ایک دم تھک گئیں اور غافل سی ہو گئیں۔

اس دوران میں ریاض اور میں باتیں کرتے رہے۔ اس کی چھوٹی بیٹی اور بیٹا ٹیوشن پڑھ کر واپس آ گئے تھے۔ انھوں نے آکر سلام کیا۔ مجھے یہ دیکھ کر خوشی ہوئی کہ ریاض کے گھر میں ماحول ویسا ہی تھا جیسا میں نے بچپن میں خالہ کے گھر میں دیکھا تھا۔ بچے سب بہت شائستہ تھے۔ سب سے بڑھ کر یہ کہ بڑھاپے کی دہلیز پر آکر بھی ریاض خود اب تک ویسا ہی سادہ اور محبتی تھا۔ میں نے بڑے بھائی کا پوچھا۔ اس نے بتایا کہ انھوں نے شاہ رکنِ عالم کالونی میں اپنا مکان بنالیا ہے اور کئی سال پہلے وہاں شفٹ ہو گئے ہیں۔ کہنے لگا، "اماں وہیں تھیں۔ چار دن پہلے ہی آئی ہیں اور جب سے آئی ہیں خالہ کا اور آپ لوگوں کا روز ذکر کر رہی ہیں۔ بتاتی ہیں کہ خالہ روز خواب میں آتی ہیں۔"

میں ہنس دیا۔ بتایا کہ اماں بھی آج کل روز خالہ کو خواب میں دیکھ رہی ہیں۔

خالہ کی غفلت دور ہوئی تو انھوں نے ریاض سے کہا کہ میرے لیے کھانے کا انتظام کرے۔ اس نے بتایا کہ وہ تو پہلے ہی سے ہو رہا ہے۔ خالہ سے، ریاض اور ریاض کے بچوں سے باتیں کرتے ہوئے وقت کے گزرنے کا احساس ہی نہیں ہوا۔ یہ سب لوگ بھی اس طرح مجھ سے گھل مل گئے تھے جیسے میں روز کا آنے والا ہوں۔ وقت کا اندازہ اس وقت ہوا جب ریاض کے چھوٹے بیٹے نے آکر کہا، ہاتھ دھو لیجیے، دسترخوان لگ رہا ہے۔

کھانے کے بعد چائے پر پھر باتیں ہونے لگیں۔ جب میں نے گھڑی دیکھی تو پونے گیارہ بج رہے تھے۔ اجازت طلب کی۔ خالہ اور ریاض دونوں کہنے لگے، رات کو وہیں رک جاؤں۔ میں نے بتایا صبح ناشتے کے فوراً بعد ایک میٹنگ ہے اور اس کے بعد لنچ سے نمٹ کر مجھے بھاگم بھاگ ایئرپورٹ جانا ہے۔ اگلی بار امّاں کو ساتھ لانے اور انھی کے یہاں رکنے کا طے کر کے میں اٹھا۔ ریاض مجھے موٹر سائیکل پر بٹھا کر میرے ہوٹل چھوڑ گیا۔

گھر آکر میں نے اماں کو ساری باتیں تفصیل سے بتائیں اور کہا، "آپ تو کوئی پہنچی ہوئی بزرگ، کوئی پیر جی بنتی جا رہی ہیں۔ آپ نے جیسا کہا تھا، سب کچھ بالکل ویسا ہی ہوا۔ خالہ مجھے اسی گھر میں ملیں اور گھر ڈھونڈنے میں مجھے ذرا مشکل نہیں ہوئی۔ بہت آسانی سے پہنچ گیا تھا۔ آپ کی ساری پیشین گوئیاں درست نکلیں۔ آپ تو اب پڑھ کر پھونکا کریں اور تعویذ بنا کر دیا کریں۔"

اماں ہنس دیں۔ بولیں، "نیت صاف منزل آسان۔"

صبح کی نماز کے بعد اماں کو بیٹھ کر تسبیحات کرنے کی عادت تھی۔ میں بھی ان کے پاس بیٹھ کر اخبارات دیکھتا رہتا اور ہم دونوں ساتھ چائے پیتے۔ چار دن بعد انھوں نے اٹھ کر نماز پڑھی اور تسبیح لے کر چوکی پر بیٹھ گئیں۔ میں اخبار اٹھا کر پہنچا تو دیکھا کہ لیٹی ہیں اور تسبیح ہاتھ میں جھول رہی ہے۔ میں نے آواز دی، وہ کچھ نہ بولیں۔ پھر آواز دی، پر اماں ہوں تو جواب دیں۔

* * *